Ralf Weißkamp
Die Angst im Süden
Ein Eisenwald-Krimi

AF281387

Ralf Weißkamp

Die Angst im Süden

Ein Eisenwald-Krimi

Bibliografische Information der Deutschen Nationalbibliothek:
Die Deutsche Nationalbibliothek verzeichnet diese
Publikation in der Deutschen Nationalbibliografie;
detaillierte bibliografische Daten sind im Internet
über http://dnb.dnb.de abrufbar.

Lektorat: Sabine Hinterberger
Gestaltung, Copyright und Foto: Ralf Weißkamp

Herstellung und Verlag: BoD – Books on Demand, Nor-
derstedt

ISBN: 978-3-7583-7447-0

Die Handlung und alle handelnden Personen sind frei erfunden. Jegliche Ähnlichkeiten mit lebenden oder realen Personen wären rein zufällig.

I

„Den fasse ich nicht an." Lars ging aus der Hocke und sah mit heruntergezogenen Mundwinkeln seine neue Kollegin Julia Hamann an. „So eine verwahrloste Leiche ist mir bislang noch nicht untergekommen. Zumindest nicht, wenn sie noch nicht im Stadium der Verwesung war."

„Mir schon, in meiner ersten Dienststelle in Gelsenkirchen. Ein Obdachloser, seit vielen Jahren auf der Straße und seit noch mehr Jahren alkoholabhängig." Sie sahen auf den hageren Mann vor ihnen, der in einer unnatürlichen, verrenkten Haltung auf dem Rasen lag. Ein Hosenbein war hochgeschoben und gab einen dünnen, mit Krampfadern durchzogenen Unterschenkel frei, die Hände mit den langen, vom Tabak braunen Fingernägeln hatten sich im Boden verkrampft, im aufgerissenen Mund steckten noch fünf vergilbte Zähne.

„Wenn die Wunde am Hinterkopf nicht wäre, hätte ich auf totgesoffen getippt. Wer erschlägt solch einen Mann, das kann doch nur im Affekt gewesen sein."

Julia Hamann nickte. „Wahrscheinlich gab es Ärger um Alkohol oder Geld, die beiden einzigen Themen, die in dieser Szene noch wirklich von Bedeutung sind."

„Ich fahre oft hier vorbei und sehe die Leute, wie sie zusammenstehen, trinken und quatschen. Sie gestikulieren, lachen und regen sich auf, sie belagern die Bushaltestellen oder stehen hinter den öffentlichen Toiletten, sehr zum Ärger der Anwohner. Mir ist noch nie aufgefallen, dass sie sich gestritten haben. Aber, wie gesagt, ich sehe sie nur kurze Zeit."

„Für diesen Bereich gibt es bestimmt einen Sozialarbeiter, den müssen wir ausfindig machen. Mal schauen, was der uns über den Mann erzählen kann. Und natürlich seine Kollegen." Dabei wies sie auf die Männer und Frauen, die in der Nähe standen und sie beobachteten, alle mit einer Flasche oder Dose Bier in der Hand. „Kommst du mit?"

Julia ging los, während Lars verdutzt stehenblieb. Die Leute wollte er erst befragen, wenn die KTU ihre Arbeit beendet hatte. Dafür war es jetzt zu spät und er folgte mürrisch seiner jungen Kollegin. Wie er befürchtet hatte, suchten einige der Menschen das Weite, als Julia auf die Gruppe zuging.

„Guten Tag, Hamann von der Kripo Iserlohn. Wer von Ihnen kennt den Mann?"

Drei der vier Männer schüttelten den Kopf. „Das war der Horst", sagte der vierte, ein relativ junger Mann im Rollstuhl, dem der rechte Unterschenkel fehlte, „aber von uns war das keiner, wir machen so was nicht", stellte er unter dem beifälligen Nicken der anderen klar.

„Wie er heißt, wissen wir, er hat seinen Ausweis dabei. Können Sie uns etwas über ihn erzählen? Was er gemacht hat, seit wann Sie ihn kennen? Wann Sie ihn zuletzt lebend gesehen haben?"

Der Amputierte zuckte mit den Schultern und sah Julia aus glasigen Augen an, fettige zerzauste Haare, die Stimme brüchig. „Hat mal gearbeitet, hat er gesagt, keine Ahnung, was. Und verheiratet war er auch, bis er krank wurde, hat er gesagt. Irgendwas mit den Nerven, mehr weiß ich nicht."

Lars betrachtete die vier Männer, die sicher deutlich jünger waren, als sie aussahen, arm und schlecht gekleidet. Hinter ihnen diese schöne Kulisse, der historische weiße Museumsbau in der parkähnlichen Anlage rund um die uralte Bauernkirche, was für ein Kontrast.

„Es wäre sehr hilfreich, wenn Ihnen noch etwas einfällt", sprach er die Männer an. „Sie könnten uns sehr helfen, das werden wir Ihnen nicht vergessen. Wir kommen in ein, zwei Tagen noch mal vorbei, bis dann." Ohne Julias Reaktion abzuwarten, drehte er sich um und ging zurück zum Fundort, einem kleinen Rasenstück hinter den verglasten Bushaltestellen. Er nahm den Ausweis in einer der kleinen Plastiktüten, die ihm ein Mitarbeiter der KTU hinhielt. „Werner Gadberg, dreiundsechzig Jahre,

Postadresse die Diakonie, wie üblich. Lass uns ins Büro fahren und ihn überprüfen, dann rufen wir die Sozialpädagogin an, ich hatte schon mal mit ihr zu tun. Ich hoffe, es ist noch die gleiche."

„Warum hast du das Gespräch mit den Männern einfach abgebrochen?" Julia hatte die Hände in die Hüften gestemmt und schien mit seiner Entscheidung gar nicht einverstanden.

„Weil wir von denen heute nichts erfahren werden, ganz einfach. Die müssen sich erst einmal besprechen, wenn wir wiederkommen, werden sie gesprächiger sein."

„Wir könnten sie vorladen, einen nach dem anderen, unter Druck setzen," funkelte sie ihn an.

„Das können wir immer noch, aber wir sollten versuchen, ihr Vertrauen zu gewinnen, das könnte langfristig besser sein, okay? Ich habe schon mal mit der Szene zu tun gehabt, da wurde ein Mann vermisst. Manche von denen sind regelrecht froh, wenn sie mit jemanden anderem sprechen können, nicht nur mit dem Jobcenter oder einem Sozialarbeiter. Aber mit der können wir weitermachen, eine Miriam Marsberger, Sozialpädagogin, hier ist ihre Nummer." Dabei fischte er eine Visitenkarte aus seinem schwarzen Portemonnaie.

„Okay", stimmte Julia zu, auch wenn es sich für ihn nicht überzeugt anhörte. „Ich mache einen Termin mit ihr. Bin gespannt, was sie uns über den Toten erzählen kann. Und vielleicht über einen Täter."

„Der Nächste bin ich." Überrascht blickte Lars seinen Gesprächspartner an.

„Wie kommen Sie darauf, Herr Wiemer? Und warum denken Sie, dass es einen weiteren Toten geben wird?"

Der senkte den Kopf und verschränkte nervös die Hände. „Keine Ahnung. Ich weiß nicht, nur so ein Gefühl."

„Sie brauchen keine Angst zu haben, Herr Wiemer", versuchte Lars ihn zu beschwichtigen, „es sieht alles nach einer spontanen Tat aus, der Mann wurde mit großer Wucht erschlagen. Möchten Sie eine?" Er hielt ihm die Packung Zigaretten hin, die er extra für diesen Besuch gekauft hatte. Mit zitternden Fingern griff der zu, nahm sich eine der Filterzigaretten und zündete sie sofort an. Lars ignorierte das Rauchverbot im Büro. „War es ihre Angst, die Sie zu uns geführt hat? Sie sind der Einzige der Männer, der ins Präsidium gekommen ist."

„Der Penner, meinten Sie." Ein Lächeln spielte um seine bärtigen Lippen, als er Lars ansah. „Ja, das sind wir, Alkoholiker, Wohnungslose, was Sie wollen. War aber nicht immer so, bei fast allen nicht."

Lars nickte und betrachtete sein Gegenüber aufmerksam. Vieles unterschied ihn von den anderen Männern, mit denen sie gesprochen hatten. Seine Kleidung war gepflegter, sein Bart ordentlicher. Ja, er roch nach Alkohol und Zigaretten, wie die anderen auch. Aber vor allem seine Sprache war es, die ihn unterschied, seine Sprache und seine wachen Augen. Lars war sicher, dass der Mann eine höhere Bildung genossen hatte, in einem anderen Leben.

„Wie ich schon sagte, Sie müssen keine Angst haben, auch wenn wir den Täter noch nicht ermittelt haben. Es deutet nichts auf eine gezielte Tat hin, Herr Wiemer, seien Sie beruhigt."

Lars war es peinlich, dass er es instinktiv vermied, dem Mann bei der Verabschiedung die Hand zu geben. Als sein Besuch das Büro verlassen hatte, riss er die Fenster auf und ging runter zu Julia. Sie wollte vor der Tür etwas frische Luft schnappen, hatte sie gesagt.

„Hallo Julia. Dieser Wiemer, der gerade bei mir war, hat Angst, dass er der Nächste ist, der umgebracht wird."

„Wieso das denn?", blickte sie ihn fragend an. „Wie kommt der darauf, dass die Tat der Beginn einer Serie ist?"

„Bauchgefühl, sagt er. Ich habe ihn beruhigt, weil nichts darauf hindeutet. Hast du von den anderen Männern etwas erfahren?"

„Nichts Wichtiges, weder von denen noch von der einen Frau, die auch zu dieser Szene gehört. Entweder wissen die nichts oder haben Angst."

„Wohin tendierst du?" Lars sah sie unauffällig an, das spätsommerliche Gegenlicht betonte ihre sportliche und weibliche Figur noch mehr. In der kurzen Zeit ihrer Zusammenarbeit hatte er festgestellt, dass sich in dieser warmherzigen Frau auch eine gehörige Menge Durchsetzungsvermögen befand.

„Ich glaube, die wissen wirklich nichts, so wie wir. Die Tatwaffe könnte ein Baseballschläger gewesen sein, sagt der Gerichtsmediziner. Keiner von denen trägt so etwas bei sich oder wurde schon mal damit gesehen, sagen die Anwohner. Und keiner aus der Szene hatte ein Motiv, dieser Gadberg war beliebt, gab gelegentlich sogar einen aus. Nein, das muss ein Fremder gewesen sein."

„Vielleicht ein politisches Motiv?"

„Du meinst, wegen des Baseballschlägers? Neonazis?", fragte sie zurück, während sie ihre blonden Haare mit einer Hand zurückstrich. „Können wir nicht ausschließen, ich frage mich nur, ob die Rechten den immer noch benutzen. In den sozialen Netzwerken ..."

„... war kein Hinweis darauf zu finden, ich weiß", ergänzte Lars den Satz. „Nur die üblichen dummen Kommentare, von die armen Obdachlosen, diese kalte Gesellschaft bis selbst Schuld, ausrotten, das asoziale Pack. Wenn es ein politisches Motiv gegeben hätte, würden wir jemanden, eine Gruppe finden, die sich dazu bekennt."

„Oder vorgibt, es gewesen zu sein. Nein, ich denke auch nicht, dass sich jemand damit schmücken will, einen Obdachlosen umgebracht zu haben."

„Obwohl er strenggenommen nicht obdachlos war. Er hat an dem Projekt ambulant betreutes Wohnen teilgenommen."

„Aber häufig auf der Kippe stand, wie sein Betreuer von der Diakonie gesagt hat."

„Ja, aber auch dort finden wir kein Motiv. Wir wissen nur, dass es ein Mann gewesen sein muss, ein kräftiger Mann. Das spricht gegen die Leute aus der Trinker-Szene. Zumal die zur Tatzeit, am frühen Morgen, noch nicht vor Ort waren. Was wollte dieser Gadberg so früh dort? Hat ihn jemand hingelockt? Oder hat er irgendwo übernachtet und ist dann früh los, weil er es musste?"

„Dafür könnten die fremden Fasern sprechen, die die KTU an seiner Kleidung gefunden hat. Sie stammen nicht aus seiner Unterkunft im betreuten Wohnen."

„Wir haben so gut wie nichts", seufzte Lars. „Eigentlich können wir nur darauf hoffen, dass sich jemand verplappert."

„Was nicht selten vorkommt. Ich schnappe mir die Akte und gehe noch einmal seine familiären Verhältnisse und die seiner Trinker-Kumpane durch, vielleicht versteckt sich dort doch noch ein Ansatz."

„Gut, ich komme gleich nach." Lars sah ihr hinterher, als sie das Gebäude betrat, ihr Gang und ihre enganliegende Jeans faszinierten ihn. Neben einem tollen Hintern hatte sie auch einen sehr analytischen Blick auf die Fakten und Daten, eine Eigenschaft, die er schon nach kurzer Zeit sehr schätzte. Dennoch, es war anders als mit Sabrina. Er beschloss, zu ihr zu gehen.

Diesen Schachzug hatte sie ihm nicht zugetraut. Und sie ärgerte sich, weil sie ihn unterschätzt hatte, nach all den Jahren. So viel Fantasie hätte sie bei diesem Betriebswirt nicht erwartet. Sei es drum, er würde sie kein zweites Mal überraschen. Sie nahm ihre Unterlagen, ging über den Flur zum Seminarraum, in dem zwanzig Frauen und Männer auf sie warteten. Alle in

Businesskleidung, alle zwischen dreißig und vierzig Jahre alt, alle die gleichen Gesichter, alles Entscheider, alle warteten auf sie, auf ihren Vortrag über die Psychologie der internen Organisationskommunikation. Zwanzig gut zahlende Kunden und vor allem zwanzig neue Kontakte, neue Knotenpunkte in ihrem Netzwerk.

„Einen guten und erfolgreichen Tag, meine Damen und Herren. Ich freue mich auf viele Fragen und einen regen Austausch nach meinen Erläuterungen." Routiniert spulte Cäcilie von Iseren ihren Vortrag ab. Schon nach wenigen Minuten spürte sie das Vibrieren ihres Handys, es wiederholte sich alle zehn Minuten. Genervt holte sie es heraus, nachdem das Publikum sie mit viel Applaus vom Pult entließ. „Verdammt, was ist denn?" Ungeduldig hörte sie die Antwort auf ihre Frage, die eindringliche Stimme. „Ich komme so schnell wie möglich, du hast recht, wir müssen uns beraten." Fieberhaft überlegend legte sie auf. Das hätte nicht passieren dürfen.

„Alles ungewohnt, ja, da hast du recht, es ist alles anders. Wie ist dein neuer Kollege?"

„Ungeduldig, manchmal etwas grob, eben wegen seiner Ungeduld. Aber eigentlich ganz nett, ich kenne ihn ja erst seit ein paar Tagen."

„Wieso ungeduldig? Gehen ihm die Ermittlungen zu langsam?" Lars wusste mit Sabrinas Beschreibung nicht viel anzufangen.

„Nein, das ist es nicht." Sabrina lehnte sich an das Geländer vor dem Präsidium und blickte nachdenklich auf den Parkplatz. „Er will weg und ist wohl enttäuscht, dass seine Versetzung nicht durchgekommen ist. Scheint so, als wolle er Karriere machen, in Düsseldorf. Stattdessen bleibt er weiter in Iserlohn."

„Das ist schlecht und macht die Zusammenarbeit bestimmt nicht leichter. Ich hoffe, er kommt schnell darüber weg, damit du gut mit ihm arbeiten kannst."

„Das wird schon", lächelte sie ihn an, „und wie ist es bei dir? Hast ja eine wirklich hübsche Partnerin abbekommen, sieht klasse aus, die junge Kollegin."

„Kein Grund zur Eifersucht, nicht mein Typ, weißt du doch. Manchmal nervt sie gewaltig. So wie heute, spricht sich nicht mit mir ab bei der Zeugenbefragung. Ich hoffe, es entwickelt sich, aber ich habe den Eindruck, die will auch nicht lange bleiben. Woran arbeitet ihr zurzeit?"

„Nur ein paar Betrugsdelikte, nichts Großes, eher langweilig. Du hast die Mordermittlung, richtig?"

Lars nickte. „Ja, der erschlagene alte Mann. Noch haben wir keine Spuren, der hatte keine Verwandten und war bei seinen Kollegen beliebt, ein Motiv fehlt völlig. Ich hoffe einfach, dass doch noch einer seiner Zechkumpane etwas sagt. Wer hat etwas von dem Tod des Mannes, bei dem gab es nichts zu holen und die wenigen Euro, die er noch besaß, waren in seiner Tasche."

„Haben die Untersuchungen der KTU etwas Brauchbares ergeben?"

„Die Fasern, die an seiner Kleidung waren, konnten wir nicht zuordnen, erschlagen wurde er vermutlich mit einem Baseballschläger."

„Das ist wirklich nicht viel, was wisst ihr über den Mann?"

„Wir haben morgen noch ein Gespräch mit einer Sozialpädagogin, die sich um die Leute in der südlichen Innenstadt kümmert, eine Miriam Marsberger. Kennst du die?"

„Nein", schüttelte Sabrina den Kopf, „habe ich noch nie gehört. Ich drücke die Daumen, dass ihr in seiner Biografie etwas findet, das euch weiterhilft."

„Das hoffe ich auch, ich setze auf den Bericht dieser Sozial-Tussi. Wäre doch peinlich, wenn der erste Fall des neuen Teams gleich in den Akten landet."

„Macho, die ist keine Tussi", grinste ihn Sabrina gespielt empört an. „Ihr kriegt den Täter und mit dem Erfolg kann sich deine Kollegin in einer anderen Stadt bewerben."

Lars schwieg. Nicht nur der Fall machte ihn nachdenklich.

2

„Nicht am Telefon, ich bin in wenigen Minuten bei dir. Nein", korrigierte sich Cäcilie von Iseren, „wir treffen uns bei *Spetsmann*, das ist besser." Sie nahm ihren Autoschlüssel, ging die Treppe hinunter zum Parkplatz und startete ihren silbergrauen Boxster. Sie brauchte nur wenige Minuten vom Schulungszentrum an der Handwerkerstraße bis zu dem altehrwürdigen Café. Sie parkte direkt davor und betrat das Lokal, das wie fast immer sehr gut besucht war. Ihr Bruder Reinhart hatte im hinteren Bereich des Cafés einen Tisch gefunden. Sehr gut, dachte sie und lächelte auf dem Weg zu ihm, so kann uns aus dem Verkaufsraum niemand sehen.

„Gut, dass du so schnell kommen konntest", sagte sie, als sie sich setzte. Ihr Bruder nickte nur, dann warteten sie auf die Bedienung, bestellten Kaffee und zwei Stücke Mailänder. Als die junge Frau ihren Tisch verließ, wandte sich Cäcilie ihrem Bruder zu.

„Wie konnte er von diesem Treffen erfahren? Hat dein Kollege etwas gesagt?"

„Mit Sicherheit nicht", schüttelte Reinhart bedächtig den Kopf. „Ich weiß es noch nicht, ich bin davon ausgegangen, dass unser Termin in der Kanzlei vertraulich war."

„Der Inhalt ist es, aber allein, dass er von der Existenz dieses Treffens weiß, ist mehr als ärgerlich."

„Und dass er es ganz beiläufig bei seinem letzten Besuch beim Alten erwähnt hat. Wie der reagiert hat, weiß ich nicht, wir sollten dennoch eine Weile nichts unternehmen."

„Meetings gibt es nur noch außerhalb Iserlohns, zu dritt", stellte Cäcilie energisch klar. „Jetzt lassen wir die Sache unerwähnt und falls uns der General fragt, es war Zufall, ein Wiedersehen nach längerer Zeit."

„Du weißt genau, dass uns der alte Fuchs das nicht abnimmt", lächelte Reinhart. „Der weiß doch, dass die Nachfolgefrage des Konzerns bald ansteht. Nicht so früh, wie er glaubt, aber dass es geschehen wird. Nur von deinem, unserem Interesse ahnt er nichts."

Und dass du dabei keine Rolle spielst, lächelte sie ihren Bruder herzlich an.

„Es ist wirklich tragisch, wie ein Ereignis einen Menschen aus der Bahn werfen kann. Der hat ganz normal gelebt, sagt diese Marsberger, mit Familie, Beruf und allem Drum und Dran."

„Hast du mit ihr gesprochen?", wunderte sich Julia. „Wir sind doch unterwegs zu ihr."

„Nur kurz, als ich den Termin gemacht habe. Mehr weiß ich auch noch nicht, aber sie scheint eine Menge über diese Leute in der südlichen Innenstadt zu wissen."

„Ich habe es mir gestern mal angesehen, rein privat. Die meisten hatten sich hinter dem Toilettenhaus getroffen, standen rum, tranken Bier und diskutierten die Weltlage, ungefähr zehn Leute, davon nur eine Frau."

„Stellt sich wieder die Frage, ob Frauen seelisch stabiler oder Männer eher dem Alkohol zugeneigt sind."

„Oder beides, keine Ahnung. Wenn ich Zeit habe, werde ich mal im Netz nach Informationen dazu suchen. Da ist die alte

Fabrik, mit dem Parken sieht es nicht so prickelnd aus. Scheint ziemlich voll zu sein."

Lars seufzte, bog links ab und parkte den schwarzen Dienst-BMW in der kleinen Seitenstraße. Sie gingen über die Straße zum Seiteneingang der alten Fabrik, von dort hinauf in die erste Etage.

„Donnerwetter!", staunte Lars, als er das Stockwerk sah. So grob und heruntergekommen das alte Gemäuer aussah, innen präsentierte sich ihnen ein Gebäude mit tadellos restaurierten Büros und Lofts, rustikale Backsteinoptik mit Holzdielen, Glas und Stahl.

„Die kommen hier mit der Vermietung gar nicht mehr nach."

Lars und Julia drehten sich um. Vor ihnen stand eine Frau in den Dreißigern oder Vierzigern, kurze dunkle Haare, eine runde Brille, bunt gekleidet und freundlich lächelnd. Sie sahen in wache, neugierige Augen.

„Sie müssen die Beamten von der Kripo sein, Frau Hamann und Herr Krenk, richtig?"

„Ja, und Sie sind Frau Marsberger, nehme ich an." Lars reichte der Frau die Hand, sie war ihm auf Anhieb sympathisch. „Können wir in ihr Büro gehen?"

„Gern, gleich hier auf der linken Seite." Sie ging voraus und öffnete die eine Tür, die zu einem funktional eingerichteten Büro führte.

„Bitte, nehmen Sie Platz. Kaffee, Tee?" Dabei schob sie ihnen eine kleine Schüssel mit Keksen zu.

„Danke, für mich nicht", lehnte Lars ab, während seiner Partnerin nur kurz den Kopf schüttelte. „Frau Marsberger, Sie hatten mir bereits gesagt, dass das Opfer, Werner Gadberg, in früheren Zeiten ein ganz normales bürgerliches Leben führte. Können Sie uns sagen, was ihn aus der Bahn geworfen hat?"

„Ist das wichtig für Ihre Ermittlungen?"

Lars sah, wie sie sich entspannt zurücklehnte und ihre Finger ineinander verschränkte.

„Es könnte so sein, wenn wir in seiner Vergangenheit einen Anlass für diese Tat finden, einen Menschen, mit dem er Probleme, Streit hatte."

„Ich kenne Werner jetzt seit sieben Jahren", holte die Sozialpädagogin aus, „er ist nicht der Mensch, der Streit hatte. Er ging ihm aus dem Weg, auch bei seinen Kollegen, was übrigens sehr selten vorkam. Wir haben öfter über seine Vergangenheit gesprochen, glauben Sie mir, er hätte sie gerne wiedergehabt. Es war der Tod seiner Frau, den er nicht verarbeiten konnte. Dann kam das, was uns immer wieder begegnet, der Griff zur Flasche, bald täglich, bald immer mehr, die Kündigung und die Haltlosigkeit, nachdem alle seine Strukturen weggebrochen waren. Auch seine Kinder wollten irgendwann nichts mehr von ihm wissen. Überfordert von der Situation, nicht ahnend, an wen er sich wenden, wo er Hilfe bekommen sollte, stand bald die Zwangsräumung an. Mittlerweile hatte er nach Jahren auf der Straße wieder ein Zimmer, betreutes Wohnen. Aber einen Hinweis, ein Motiv für seine Ermordung, das finde ich nicht in seiner Vergangenheit, nein."

„Was hat er früher gearbeitet?"

„Er war Maler, Frau Hamann, Anstreicher, wie man früher sagte, als Geselle lange Jahre im gleichen Betrieb. Und es gab auch dort keinen Streit", ergänzte die Sozialpädagogin lächelnd, „tut mir leid für Sie, er hat oft von dieser Zeit gesprochen, von seinen Arbeitskollegen, von seinem Chef."

„Dann können wir uns diesen Weg sparen", stellte Lars fest, „stattdessen sollten wir mehr mit seinen Kollegen und Trinkkumpanen sprechen. Gibt es unter denen jemand, der ihm näherstand als die anderen?"

„Tut mir leid, dass ich Sie auch in diesem Punkt enttäuschen muss, Herr Krenk. Werner war beliebt, hatte für alle ein offenes

Ohr, und das macht die ganze Geschichte umso rätselhafter. Und profitieren konnte von seinem Tod niemand."

„Könnten Sie uns bei den Gesprächen mit den Männern begleiten?"

„Nein, auf gar keinen Fall", lehnte Miriam Marsberger entschieden ab. „Ich habe in vielen Jahren zu den Menschen hier ein Vertrauensverhältnis aufgebaut, und wenn ich jetzt mit Ihnen, der Polizei ..."

„Verstehe schon", nickte Lars.

„Erwarten Sie keine Offenheit bei den Gesprächen und nehmen Sie Ablehnung nicht persönlich. Für viele dieser Menschen bedeutet offen zu sein verletzbar zu sein."

Miriam wartete, bis die Beamten das Gebäude verlassen hatten, dann ging sie ebenfalls. Sie schlug den Weg von der Oberen Mühle zum Museum ein, überquerte am Kreisverkehr die Straße und ging zu den Männern, die sich hinter der Toilettenanlage aufhielten. Wim kam mit seinem Rollstuhl auf sie zu.

„Hallo Miriam. Alles in Ordnung bei dir?"

„Alles gut, Wim, bei dir auch? Ist das Problem mit dem Jobcenter jetzt geklärt?"

„Meine Fallmanagerin, die Frau Schneider, will sich nochmal bei dir melden, aber sie sagte, es ginge alles in Ordnung mit der Nachzahlung. Hast du schon was Neues gehört? Von Werner, meine ich, die Bullen waren doch gerade bei dir."

Wie immer machten Neuigkeiten auf der Straße sehr schnell die Runde. „Die suchen nach Spuren, von mir wollten sie nur wissen, wie der Werner früher gelebt hat."

„Haben die ... haben die was davon gesagt, dass sie einen von uns verdächtigen?"

Miriam wartete mit ihrer Antwort, bis Wim die Bierflasche wieder abgesetzt hatte. „Nein, davon haben sie nichts gesagt. Aber du weißt doch, dass er sehr früh erschlagen wurde, um sechs Uhr, früher als ihr euch hier trefft. Weißt du, was er um diese Uhrzeit hier wollte? War er mit jemandem verabredet?"

„Wenn ich es wüsste, würde ich es dir sagen, dir kann man ja vertrauen, du rennst nicht zu den Bullen. Nee, ich habe keine Ahnung, was der gestern so früh hier gemacht hat. Vielleicht konnte er mal wieder nicht schlafen."

Miriam verabschiedete sich von dem Mann und beschloss, im Café *Schnöggel* einen Milchkaffee zu trinken und ein Stück Torte zu bestellen. Es war ein warmer Septembertag und sie hatte Glück, erwischte einen der wenigen freien Plätze auf der kleinen Terrasse. Nachdenklich sah sie auf den Platz, der vor einigen Jahren neugestaltet worden war, die Rasenflächen, die sich zwischen den alten weißgestrichenen Häusern und der Bauernkirche verteilten, eine sehr entspannte, friedliche Atmosphäre. Der Mord an Werner störte. Er störte sie persönlich, musste sie sich eingestehen. Sie war verantwortlich für diesen Bereich, ihr vertrauten die Menschen. Und das sollte so bleiben. Sie lächelte und nahm einen Schluck Milchkaffee, als sie einen Entschluss fasste.

„Wir brauchen eine Entscheidung. Die solltest du so schnell wie möglich treffen, sonst leidet das ganze Unternehmen, die Leute sind verunsichert."

„Für die Gerüchte, die im Konzern wabern, bin ich nicht verantwortlich. Und für das Geschwätz der Leute schon gar nicht. Ich habe euch doch gesagt, Norbert, dass ich die Entscheidung rechtzeitig erläutern werde. Und du weißt auch, dass diese Entscheidung sehr sorgfältig und ausgewogen getroffen werden muss. Herrgott, wie oft haben wir das diskutiert, wie oft haben wir alle Möglichkeiten erörtert? Warum drängst du jetzt zur Eile, obwohl du weißt, dass es nicht angebracht ist, ja sogar schädlich sein kann? Mit unüberschaubaren Folgen für unser Unternehmen? Ihr alle seid geeignete Nachfolger, ob einer allein oder als Team. Das werden wir weiter überdenken, mit euch, mit der restlichen Geschäftsführung und auch mit ihm. Und jetzt zurück zum Geschäft, was macht die Firmen-Dokumentation? Ist das Gremium um diesen Historiker, diesem ..."

„Dr. Mommsen. Bis Ende der Woche liegt ein Exemplar vor. Wenn wir es geprüft haben, kann es anschließend in den Druck und wir haben es rechtzeitig zum Jubiläum."

„Nicht wenn, wir brauchen sie bis zu dem Datum. Und jetzt lass mich bitte allein."

Dr. Sebastian von Iseren schloss die Augen und lehnte sich zurück, nachdem sein Sohn das Büro verlassen hatte. Er wusste, dass es Spannungen gab, dass seine Kinder um die Leitung des Unternehmens kämpften. Seine Söhne, Cäcilia nicht, sie lebte in einer anderen Welt, wollte von dem Unternehmen nichts wissen. Er blickte auf seine Uhr und beschloss, für heute genug Zeit in seinem Büro verbracht zu haben, den Rest der Aufgaben würde er zuhause erledigen. Er stand auf, nahm seine Jacke und ging über die gewundene Treppe hinunter ins Foyer, grüßte im Vorbeigehen die hübsche Empfangskraft. Ihm fiel auf, dass die auch schon die Dreißig erreicht haben musste. Zeit, sie auszutauschen. Sein silbergrauer Cayenne stand wie immer direkt neben dem Eingang. Er startete ihn und fuhr von seinem Firmensitz in seine Villa in der Iserlohner Innenstadt, dem Stammsitz der Familie, seit über achtzig Jahren.

„So früh habe ich dich nicht erwartet, wie war dein Tag?"

„Arbeitsreich, wie immer, Gespräche und Konferenzen." Er schenkte sich einen Tee in die weiße Tasse und nahm vorsichtig einen Schluck. Wie jeden Tag führte ihn sein erster Weg in die große Küche, eingerichtet im Landhaus-Stil, mit viel dunklem Holz, von seiner Frau Sieglinde, der Innenarchitektin. Und wie jeden Tag hatte er vorher sein Jackett in den in die Wand des Vorraumes eingelassenen Kleiderschrank gehängt.

„Du wirkst heute etwas angespannter als an anderen Tagen, was ist los?" Dabei drehte sie sich zu ihm und sah ihn auffordernd an.

„Ich hatte zum Schluss noch ein Gespräch mit Norbert, er drängt auf eine Entscheidung. Ich weiß es ja, nur der Zeitpunkt hat mich überrascht. Warum jetzt diese Eile?"

„Ausgerechnet Norbert. Er weiß doch, dass du noch mindestens ein Jahr Geschäftsführer bleiben wirst. Hat er gesagt, warum er jetzt eine Entscheidung will?"

„Nein", schüttelte Sebastian von Iseren den Kopf, „er sprach von Gerüchten, die Unruhe in den Betrieb bringen würden. Aber das ist nicht der Grund, das glaube ich ihm nicht. Gerüchte sind mir egal, sollen die Leute reden. Außerdem sagt er das nicht erst seit heute."

„Vielleicht solltest du einen externen Nachfolger ins Gespräch bringen, das würde für Ruhe sorgen."

Ein feines Lächeln lag auf seinen Lippen, als er die Tasse anhob. Disziplin. Sieglindes Leben war Disziplin. In ihrer Haltung, ihrem Wesen, ihren Worten. Nein, noch würde er seinen Söhnen den Gefallen nicht tun. Noch hielt er die Fäden in der Hand.

3

„Wenn ich so etwas höre, könnte ich kotzen." Angewidert öffnete Kriminalkommissar Paul Henders die Tür des schwarzen Dienstwagens.

„Nicht dein Tag heute, was?" Sabrina sah ihn beim Einsteigen von der Seite belustigt an. „Erst verschlafen, dann der Anschiss von der Verwaltung und jetzt dieser bedeutende Fall."

„Danke für dein Mitgefühl, kann ich gerade gut gebrauchen."

„Komm mal wieder runter von deiner Palme. Lass uns zurück ins Präsidium fahren und einen Tee trinken, das beruhigt. Du solltest dich doch an solche Fälle gewöhnt haben."

„Habe ich auch, ist schließlich unser Alltag. Trotzdem, wenn ich höre, dass wieder ein völlig skrupelloser Verbrecher eine alte Frau abgezockt und sie um ihre Ersparnisse gebracht hat, kommt mir die Galle hoch."

Sabrina nickte. Ihr ging es nicht anders als ihrem jüngeren Kollegen. Meistens schluckte sie ihre Wut herunter, die später als Frust wieder auftauchte. Die alte Dame, bei der sie gerade waren, hatte alles verloren, war auf den Enkeltrick hereingefallen und hatte ihre Ersparnisse einem Unbekannten, einem angeblichen Polizisten, gegeben, der das Geld in der Plastiktüte sicherstellen wollte. Sie sah das fassungslose Gesicht der alten Frau vor sich, ihre verzweifelte Tochter, deren Gesten zwischen Tränen und Wut wechselten.

„Und kaum Hoffnung, dass wir den Kerl erwischen."

„Bei der Beschreibung wäre es ein Wunder, kann kaum noch was sehen, die alte Dame. Vielleicht bringt der Bericht in der Zeitung etwas, möglich, dass ihn jemand gesehen hat. Oder die Befragungen der Nachbarn, vielleicht wusste jemand von ihren Ersparnissen."

„Du meinst, dass sie es erzählt hat? Hat sie doch eben noch verneint. Lass uns fahren."

Sabrina startete den Wagen und fuhr von der Sonnenhöhe über die Mendener Straße zum Präsidium. Kurz bevor sie nach links in die Friedrichstraße abbog, bremste sie.

„Schau mal, der kleine Junge da, auf dem Parkplatz. Der sieht doch ein bisschen so aus wie die Beschreibung in der Suchmeldung heute Morgen."

„Wo denn?" Paul streckte sich im Beifahrersitz und starrte durch die Seitenscheibe.

„Ich stoppe da vorne an der Bushaltestelle, dann steige ich aus und schaue nach ihm." Sabrina schaltete die

Warnblinkanlage an, stieg aus und ging um den Grünstreifen herum auf den Parkplatz. Paul stieg ebenfalls aus, blieb jedoch am Wagen und sah sich um, den kleinen Jungen hatte er noch nicht entdeckt. Nach wenigen Minuten kam Sabrina zurück, allein.

„Ich habe ihn nicht mehr gefunden, er muss weggelaufen sein. Gib mal durch, dass wir mutmaßlich das verschwundene Kind gesichtet haben."

Paul griff zum Funk, während Sabrina auf den Fahrersitz rutschte. „Was für ein beschissener Vormittag."

Sabrina strich ihre langen Haare glatt, nachdem sie sich abgetrocknet hatte und aus dem Bad trat. Max, ihr schwarzweißer Kater, kam maunzend auf sie zu und begann, um ihre nackten Waden zu streichen.

„Hast du mich vermisst oder bist du nur hungrig", lächelte sie und ging in die Küche. Sie füllte das Katzenfutter in den Napf ihres zweifarbigen Despoten und stellte es auf den Boden. Mit einem Blick, als wollte er sagen, gibt es nichts Besseres, schlich er zum Napf, während er sie ansah. Er schnüffelte, als wäre der Inhalt neu für ihn und begann zu futtern. Sabrina schlüpfte in ihre bequeme Freizeithose, zog ihr von vielen Farbklecksen betupftes Malhemd an und setzte sich an die Staffelei in ihrem Wohnzimmer. Sie sah auf das Bild, das sie vor einigen Tagen begonnen hatte, ein freies Porträt eines Mannes, sehr farbig, sehr kraftvoll. Trug das Bild Züge von Lars? Sie ging zur alten Anrichte ihrer Oma, nahm ein Glas heraus und schüttete sich einen Rotwein ein. Wie würde es weitergehen, Lars und sie, mit ihren neuen Kollegen? Konnte sie, Sabrina, sich auf Paul verlassen, wenn es bei einem Einsatz zum Äußersten kommen würde? Er war nett und freundlich, wenn er ungeduldig wurde auch etwas herrisch, aber nicht zu ihr. Würde sie später wieder mit Lars ein gemeinsames Team bilden können? Genau das wollte Hanno, ihr Vorgesetzter, nicht mehr, deshalb hatte er sie getrennt, ihre Verbindung war ihm zu eng geworden. Sie dachte an die Nacht zurück, die sie mit Lars verbracht hatte, nur diese eine. Es schien so lange her, dabei war es bei ihrem letzten gemeinsamen Fall, vor wenigen Wochen. Sabrina ging hinaus auf ihren Balkon und genoss die freie Aussicht auf Wermingsen, ihrem Stadtteil. Konnte sie sich den noch leisten, wenn sie ihren Traum wahrmachte, den Traum vom eigenen Atelier, vom Malen, ohne ihren Job bei der Kripo? Noch waren die Verkäufe ihrer Bilder gering, die meisten verkaufte sie über Ausstellungen mit der Kunstfabrik. Allerdings, wenn sie mehr Zeit investieren könnte ... Sie trank das Glas leer und ging wieder hinein, diese Gedankenschleife verfolgte sie täglich. Sie musste sich entscheiden, wenn sie nicht unter der Situation leiden wollte, sehr bald.

Miriam Marsberger gähnte und setzte sich im Bett auf. Sie schloss die Augen und beugte den Oberkörper vor. Vier Uhr. Sie war hundemüde, hatte bis zum Klingeln des Weckers noch gut zwei Stunden Zeit und doch war die Nacht vorbei. Sie konnte nicht mehr schlafen, wie so oft in den letzten Wochen. Es war diese Unruhe, die sie nicht schlafen ließ, diese Unruhe, von der sie nicht wusste, woher sie kam. Sie hatte keine wirklichen Sorgen, keine Schulden, keinen Liebeskummer, keine kranken Eltern, nur die Belanglosigkeiten des Alltags, der Arbeit. Und doch ließ die Unruhe sie nicht sanft schlafen. Oder waren es die Grübeleien über die Ursache der Unruhe? Sie stand auf und zog sich an. Sie würde tun, was sie jeden Morgen machte, wenn sie nicht schlafen konnte, einen Spaziergang machen. Nachdem sie aus dem Bad kam, zog sie ihre Jacke an und ging hinunter zum Südengraben. Es war noch dunkel, aber nicht kalt, es schien ein warmer Spätsommertag zu werden. Sie ging rechts die Straße hinauf und blieb an der Obersten Stadtkirche stehen. Miriam genoss die morgendliche Stille mitten in der Stadt, diese friedliche Stille, die sich über den Ort gelegt hatte und bald weichen würde. Ruhig lag der Fritz-Kühn-Platz unter ihr, ein paar Vögel suchten auf dem Rasen, der von einer Laterne beschienen wurde, nach Futter, die breite Treppe hinunter war menschenleer. Sie nannte ihn immer noch bei seinem alten Namen, obwohl er seit einigen Jahren Platz der Bürger und Kulturen hieß. Sie ging weiter, die Hände in den Taschen, überquerte den Kurt-Schumacher-Ring hinauf zum Alten Rathausplatz und wandte sich dann zum Mühlentor. Langsam schlenderte sie die abschüssige Straße hinunter, sah die geschlossenen Geschäfte, blieb vor dem alten Fachwerkhaus stehen, dass saniert wurde, hörte ein paar Spatzen, die sich für den Tag warm sangen. Sie blickte auf die Uhr, sie hatte noch Zeit. Am Kreisverkehr vorbei ging sie ruhigen Schrittes zum Museum. Ihr Viertel. Das erste zaghafte Licht ließ sich am Horizont blicken. Die Silhouette, die sie auf der Bank am Museum sah, wurde nicht von der Sonne, sondern von der Straßenbeleuchtung aus dem Dunkel gehoben. Sie kannte diesen Umriss und ging zu der Bank.

„Guten Morgen, Hans, was machst du denn um diese Zeit schon hier? Konntest du nicht in deine Unterkunft?" Sie setzte sich zu ihm und roch vorsichtig, kein Alkohol im Spiel. Also konnte der ihn nicht daran gehindert haben, in sein Zimmer zu kommen. Hans gehörte zu den wenigen, die immer wieder versuchten, nüchtern zu bleiben, auf den Alkohol zu verzichten. „Hast du überhaupt geschlafen?"

„Ich habe die Nacht damit verbracht, durch die Stadt zu gehen, nachdem sich die anderen verabschiedet hatten."

„Und zu grübeln, wie so oft. War es wieder deine Familie, die dich nicht zur Ruhe kommen ließ?"

„Mein altes Leben, nicht nur die Familie." Hans sprach sehr leise, griff in die Tasche seiner alten Jacke, holte seinen Tabak heraus und drehte sich eine Zigarette. „Mein altes Leben wird schuld sein, wenn ich bald sterbe."

„Wie kommst du darauf, dass du bald stirbst?", wunderte sich Miriam. „Ist es wegen Werner? Die Polizei hat keinen Hinweis auf den Täter, ja, es ist schrecklich, was passiert ist, aber niemand weiß, warum. Weißt du etwas, habt ihr etwas gehört? Hans, wir haben so oft miteinander gesprochen, du weißt, dass du mir vertrauen kannst."

Miriam sah, wie Hans mit sich kämpfte, etwas loswerden wollte und doch Angst hatte. Mehrmals setzte er zum Sprechen an, rauchte eine zweite Zigarette, während Miriam schweigend neben ihm saß, ungeduldig schweigend. Sie wusste, dass Hans bis vor einigen Jahren ein völlig normales bürgerliches Leben geführt hatte, mit einer Frau und zwei Kindern, einem Eigenheim und einer Arbeit als Ingenieur. Was sie nicht wusste, warum sein Leben so dramatisch gekippt war. So sehr sie es in ihren Gesprächen versucht hatte, an diesem Punkt hatte Hans dichtgemacht, geschwiegen, immer wieder. Es war ihre berufliche Neugier und ihr Interesse an diesem Mann, die herausfinden wollten, warum dieser gebildete und sympathische Familienmensch so gestrandet war. Würde er es jetzt tun, morgens um fünf Uhr, im Vorhof des Museums? Als er die dritte Zigarette mit seinem alten schwarzen Lederschuh austrat, begann er zu sprechen.

„Bist du eigentlich verheiratet?"

Lars sah überrascht auf. Die Frage hatte ihn überrumpelt, gedanklich war er bei dem Mordopfer, auf der Suche nach einem Motiv. Hatte sie ihn überhaupt schon mal etwas Privates gefragt? Ihm fiel nichts ein, er richtete sich auf und lächelte Julia über den Schreibtisch an.

„Das war ich mal, ist aber schon ein paar Jahre her. Seitdem bin ich geschieden, lebe allein und bin ganz zufrieden."

„Ich wollte nicht neugierig sein", beschwichtigte sie, „ich frage nur, weil du nie etwas von deiner Frau erzählst. Ich habe angenommen, dass du verheiratet bist, weil du diesen goldenen Ring trägst."

„Ach den", schmunzelte er, „nur ein Ring, ohne Bedeutung. Und du, wie sieht es bei dir aus? Ich kann mir nicht vorstellen, dass du keinen Freund hast."

„Oh doch", lachte sie, „kannst du. Ich wohne noch nicht lange in Iserlohn, erst wenige Monate. Und in Gelsenkirchen wartet auch niemand auf mich, und das ist gut so."

„Warum wolltest du von dort weg? Immerhin bist du dort geboren, hast du mir erzählt. Gab es dort keine Aussicht auf eine Beförderung? In so einer großen Stadt, im ganzen Ruhrgebiet ist doch sicher mehr los als bei uns, beruflich und vom Freizeitangebot, meine ich."

„Brauche ich alles nicht. Ich mache gerne Sport, wie du weißt, steht in meinen Unterlagen. Aber das Gelsenkirchen, das ich kenne, in dem ich großgeworden bin, hat sich stark verändert." Sie lehnte sich zurück und wischte ihre etwas mehr als schulterlangen blonden Haare zurück. „Ich bin selten dort shoppen gegangen, und jedes Mal, wenn ich durch die Fußgängerzone ging, habe ich mich erschrocken. Das lag vor allem an den Leuten, die dort rumliefen, laut und rücksichtslos, und es wurden immer mehr, das war mein Eindruck. Das ist hier ganz anders, besser, schöner."

„Keine Ahnung, woran es liegt, aber auf der Wermingser sah es vor ein paar Jahren auch besser aus, und damit meine ich nicht nur die Geschäfte. Leider sind einige Alteingesessene geschlossen, die Mieten können sich scheinbar nur noch die Filialisten leisten."

„Und die Bäckereien", ergänzte Julia lächelnd.

„Ich weiß gar nicht, wo du wohnst", stutzte Lars, „ich sehe dich morgens mit deinem Auto kommen, diesem kleinen roten Cabrio, aber woher du kommst, weiß ich nicht."

„Dann scheint es dich nicht zu interessieren", schaute sie ihn kokett an, „du brauchst nur nachzusehen. Aber um deine

Neugier zu befriedigen, ich habe mir am Seilerblick eine Wohnung genommen, eine schöne Gegend, ruhig und gediegen."

„Gute Wahl, ist wirklich schön dort, und trotzdem nah am Zentrum. Wie bist du an die gekommen, die Wohnungen dort sind begehrt."

„Noch von Gelsenkirchen aus, durch einen Makler. Ich hatte einfach keine Zeit, mich selbst zu kümmern, und meine Vermieter, eine Familie, wohnen auch im Haus und sind sehr nett. Ja, ich habe Glück gehabt. Und jetzt lass uns Feierabend machen."

„Ja, das sollten wir. Mist, verdammt, was ist denn noch?" Verärgert griff Lars zum Hörer des Telefons auf seinem Schreibtisch, lauschte kurz und legte auf.

„Verdammte Scheiße, aus dem Feierabend wird nichts, wir müssen los."

Zufrieden lächelnd drehte Sebastian von Iseren das in einem Hochglanzumschlag geschützte Buch in seinen Händen. Schwer war es, schwer und groß. In einem teuren Ledereinband verbargen sich neunzig Jahre Firmengeschichte, aufgearbeitet von dem Historiker Professor Doktor Mommsen, einem der führenden Köpfe der Ruhr-Universität Bochum. Ein Jahr hat sich das Team um ihn Zeit genommen, um für viel Geld die Geschichte der Firma und der Familie von Iseren zu dokumentieren. Das Ergebnis steckte in einem dunklen Schutzumschlag, der auf dem Titel ein altes Foto aus den dreißiger Jahren und das aktuelle Logo von VS Company zeigte, eine künstlerisch verfremdete Drahtrolle.

„Bist du zufrieden?"

Ohne den Blick von seinem Buch zu nehmen, nickte Sebastian von Iseren langsam. „Ja, es hat sich gelohnt. Es ist gut geworden. Es zeigt unser Unternehmen, wie es ist, wie es zu dem Konzern geworden ist, der heute in der Wirtschaft steht, mächtig und stark. Und unsere Familie, der Stammbaum derer von Iseren. Beides gehört zusammen, untrennbar."

„Hat es Theodor auch schon gesehen?"

„Nein, Sieglinde, noch nicht. Ich werde ihm ein Exemplar bringen, ein besonders prächtiges, nur für meinen Vater angefertigt, mit seinem Namen. Er wird stolz sein, auf das Buch, unser Unternehmen und auf sich. Ich werde es ihm heute Abend bringen, mit einem Glas Sherry, den er so gerne mag, und ich werde das Leuchten in seinen Augen sehen. Morgen werde ich Professor Mommsen anrufen und ihm für seine gute und wertvolle Arbeit danken."

„Die alles andere als günstig war, wenn ich dich daran erinnern darf."

„Das ist richtig, mein Schatz, aber jeder Cent hat sich gelohnt, unsere Firmengeschichte ist makellos", sah er sie an und legte das Buch bedächtig auf seinen Schreibtisch. „Makellos und prächtig. Ich werde ihn und seine Frau zu dem Festakt im Parktheater einladen. Vorher werde ich eine Pressekonferenz geben, zusammen mit meinem Vater und dem Professor."

„Warum nicht mit der ganzen Familie, Sebastian? Das würde den Zusammenhalt unterstreichen."

„Zusammenhalt", schnaubte der Patriarch, „du weißt genau, dass es den nicht gibt, schon gar nicht bei den Kindern. Ich will während des Termins jeden Anlass zu kritischen Fragen unterbinden."

„Du solltest überlegen, ob dieser Moment nicht gut wäre, um die Nachfolge öffentlich zu machen. Ein Zeichen, dass in die Zukunft der Firma weist."

Sebastian von Iseren nickte. „Gute Idee, Sieglinde, eine sehr gute Idee. Ja, ich werde die Nachfolge bekanntgeben. Es wird eine Überraschung, auch für unsere Kinder."

Lars hasste es, wenn er auf dem Weg zum Präsidium schon Anrufe bekam. Was wollte seine Kollegin so früh von ihm?

„Guten Morgen, Julia. Was gibt es, machen die Trinker wieder Stress?"

„Nein, alles ruhig, der Vorfall gestern war eine Ausnahme, das weißt du. Die trinken zwar viel, sind aber meistens friedlich. Und die Drogenszene, die sich dort breitgemacht hat, verhält sich ruhiger als in der Vergangenheit. Ich hoffe, die lassen die Anwohner in Ruhe, sonst könnte es dort verdammt unruhig werden."

Lars dachte an ihren Einsatz gestern nach Feierabend. Zwei der Männer hatten sich lautstark gestritten, eigentlich ein Fall für die uniformierten Kollegen. Es war gut, dass stattdessen sie gefahren waren, so konnten sie noch etwas mit den Männern sprechen, Vertrauen aufbauen. Der Streit war bei ihrem Eintreffen bereits geschlichtet, die anderen Männer und die Frau hatten die beiden getrennt und beruhigt.

„Ob das so bleibt, daran habe ich Zweifel. Es gibt einen zweiten Toten, einen Mann. Fahr direkt zum Mühlentor, wir treffen uns dort."

Lars parkte seinen Wagen am Kurt-Schumacher-Ring und ging an dem Fernsehgeschäft links hoch zum Mühlentor. Die Straße, die Teil der Fußgängerzone war, lag ruhig, die kleinen Geschäfte noch geschlossen und keine Passanten zu sehen. Das würde sich bald ändern, wenn die Nachricht von dem Toten sich verbreitete. Es waren nur wenige Schritte, dann stand er vor dem verwilderten und mit Müllsäcken verzierten Grundstück hinter einem alten Fachwerkhaus, das kernsaniert wurde. Julia winkte ihm, die Männer und Frauen von der Spurensicherung hatten auf diesem Gelände viel zu tun. Es war mit Flatterband abgesperrt und Lars war sicher, dass es Stunden dauern würde, die Spuren zu suchen und zu sichern.

„Er wurde erschlagen, wahrscheinlich mit einem stumpfen Gegenstand, sagt die Bereitschaftsärztin."

„Wieder einer aus der Gruppe am Museum? Das wäre fatal", raunte Lars.

Julia, die zwischen ihm und der Leiche stand, nickte. „Du kennst ihn, er war bei uns im Präsidium. Hans Wiemer, der, der sicher war, der Nächste zu sein."

„Scheiße." Lars fluchte leise.

„Kann man so sagen. Wir haben nicht nachgehakt, als er das sagte, auch wenn es nur sein Bauchgefühl war. Ich hab's nicht für wichtig gehalten, dachte, das wäre eine einzelne Tat."

„Habe ich doch auch. Insgeheim habe ich ihm unterstellt, dass er sich wichtig machen wollte." Lars ging hinüber zu dem Toten und bückte sich. „Und jetzt liegt dieser arme Kerl hier in Dreck und Müll, weggeworfen, als sollte das ein letztes Zeichen sein. Der ist überflüssig, der kann weg. So wie die anderen auch."

„Wir suchen jetzt einen Serientäter", stellte Julia fest, „und müssen aufpassen, dass die Leute am Museum nicht panisch werden. Wir müssen mit ihnen sprechen, oft, hier vor Ort und in der alten Fabrik."

„Ja, das ist wichtig, und wir müssen die Sozialpädagogin einbinden, diese Miriam Marsberger. Sie kennt diese Menschen am besten."

„Lass uns ins Präsidium fahren, hier können wir nichts ausrichten. Wir müssen alles über diesen Wiemer erfahren, seine Vergangenheit, seine Familie, seine ehemaligen Arbeitskollegen, einfach alles."

„Wir müssen ihn genauso unter die Lupe nehmen wie die anderen, die sich jeden Tag an der Bushaltestelle treffen. Sie sind gefährdet, und wenn die Gruppe sich auflöst, übers Stadtgebiet verteilt, haben wir keinen Zugriff mehr auf sie."

„Siehst du darin ein mögliches Motiv? Diese Szene vom idyllischen Fritz-Kühn-Platz zu verdrängen?"

Lars nickte bedächtig. „Es könnte sein, wenn ich es auch nicht für sehr wahrscheinlich halte. Um dieses Ziel zu erreichen, kann man sich an die Politik und die Polizei wenden, an die Verwaltung. Es sind die Schwächsten unserer Gesellschaft, es gibt ganz andere, die sich in diesem Quartier aufspielen. Dafür zwei Menschen umbringen? Wer würde so weit gehen?"

„Den müssen wir finden. Und zwar bevor uns die südliche Innenstadt um die Ohren fliegt."

„Ich habe keine Angst, Wim, und du brauchst auch keine zu haben. Warum auch, vor wem? Wir haben niemanden etwas getan!" Theatralisch hob Werner die Hände, in der rechten die Bierflasche.

„Vielleicht vor dem, der Hans und Werner erschlagen hat? Die haben doch auch keinem was getan." Sarkastisch lächelnd setzte er sich in seinem Rollstuhl zurecht.

„Weißt du das?", beugte sich Werner zu seinem jungen Kumpel hinunter, als hätte er Angst, die anderen könnten ihn hören, obwohl sie mehrere Meter Abstand zu der Gruppe hatten. „Vielleicht haben die irgendein Ding gedreht und sind jemand auf den Fuß gestiegen. Oder sie haben betrogen, geklaut oder was weiß ich noch. Die beiden hangen doch ständig zusammen rum."

Wim nickte, nahm einen Schluck aus der Flasche, stellte sie ab und drehte sich eine Zigarette. „Hast recht, da könnte was dran sein. Weiß ja keiner, was die beiden ausgeheckt haben, wenn die zusammen quatschten. Aber meinst du ernsthaft, das könnte so ein Ding gewesen sein, dass die jemand um die Ecke bringt? Was soll das denn gewesen sein, die waren doch auch immer hier, so wie alle anderen."

„Ich weiß nur, dass ich keine Angst habe", plusterte sich Werner auf, „da passiert nichts mehr. Nicht so, wie Inge sagt, dass jetzt einer nach dem anderen abgemurkst wird, nee, mein Freund, die beiden sind weg, jetzt ist Ruhe."

„Muss mal eben pinkeln." Wim steuerte seinen Rollstuhl in Richtung des neuen Toilettenhauses, hinter dem sich die anderen versammelt hatten. Das ausladende Dach des Hauses bot auch bei Regen ausreichend Schutz, so dass es bei ihm und seinen Freunden sehr beliebt war.

„Soll ich dir helfen?" Karl blickte auf den jungen hageren Mann, den er schon seit langem kannte.

„Danke, aber ist nicht nötig, ich wollte nur von Werner weg, der erzählt mir zu viel Blödsinn."

„Glaube ich", lachte der alte Mann zahnlos, „erzählt der wieder, dass er keine Angst hat, der Idiot? Mann, jeder hat Schiss, dass er der Nächste ist, ist doch logisch, oder?"

„Irgendwie schon, ist ein komisches Gefühl. Der Werner sagt, dass die beiden etwas ausgefressen hätten und deshalb kaltgemacht wurden. Du kanntest den Hans doch gut, was meinst du, ist da was dran?"

„So ein Schwachsinn", schnaubte der hagere Mann mit den grauen wirren Haaren, „der Hans war ein feiner Kerl, der hatte nichts auf dem Kerbholz. Hat nur Pech gehabt, die Sache mit seiner Frau damals."

„Was glaubst du, warum will uns einer umbringen? Wir tun doch keinem was, keiner bettelt oder quatscht die Leute an, ich verstehe es nicht."

„Vielleicht stören wir einfach", nuschelte Karl und strich mit der rechten Hand durch seinen Bart, „vielleicht will uns einer vertreiben. Aber wo sollen wir hin? Wo sollen wir uns denn sonst treffen?"

„Nirgendwohin, wir bleiben. Wir müssen aufeinander aufpassen, alle", entschied Wim, „wir müssen uns beraten, und zwar sofort. Komm mit!"

„Merkwürdig", runzelte Lars die Stirn, „ich hatte damit gerechnet, dass sie uns die Akte überlässt. Jetzt will sie uns nur ein paar Seiten kopieren."

„Du meinst Miriam Marsberger? Warum will sie uns nicht die Akte von Hans Wiemer geben?"

„Sie sagte was von Datenschutz, auch wenn er jetzt tot ist."

„Mag sein", zuckte Julia die Schultern, „seine Frau und die Kinder leben ja noch. Trotzdem habe ich auch damit gerechnet, dass sie uns die komplette Akte gibt, wenn auch nur auf dem kleinen Dienstweg."

„Da ist die Datei, ich drucke sie eben aus."

„Musst du nicht, alter Mann", lächelte ihn Julia an, „kannst die mir einfach senden, lesen kann ich sie am Bildschirm."

„Ich lese lieber auf Papier, da fallen mir mehr Details auf, auf dem Bildschirm übersehe ich sie leichter, du junges Ding." Lars stand auf und ging zum Drucker. Auf dem Weg zurück zum Schreibtisch blieb er stehen und überflog die Seiten. Dabei stieß er einen leisen Pfiff aus. „Der Mann war vor seiner Trinkerkarriere Ingenieur, verheiratet und zwei Kinder."

„Genauso bürgerlich wie Werner Gadberg, der erste Tote."

Lars setzte sich an seinen Schreibtisch, Julia gegenüber. „Macht dich sein Beruf so nachdenklich?"

Sie schüttelte langsam den Kopf. „Es ist der zweite Mann, von dem wir erfahren, dass er ein ganz normales bürgerliches Leben hatte. Er hätte es früher wohl auch nicht für möglich gehalten, jemals so abzurutschen."

„Du meinst, so wie wir? Dass es für uns auch nicht vorstellbar ist, wir keinen Gedanken daran verschwenden?"

„Hast du dich jemals damit befasst? Darüber nachgedacht, dass dich etwas aus der Bahn werfen könnte, komplett?"

„Mit zunehmenden Alter mache ich mir schon Gedanken um die Gesundheit, klar. Du horchst in dich hinein, viel öfter als früher. Achtest auf Kleinigkeiten, warum tut es manchmal beim Aufstehen im Rücken weh?"

„Sorry für den alten Mann, das war nicht so gemeint."

„Alles klar", lachte Lars, „habe ich auch nicht so verstanden. Aber es ist einfach so, wobei ich nicht die Bedenken habe, auch bei einer langwierigen Krankheit sozial stark abzurutschen."

„Wir sind gut abgesichert, wir sind Beamte."

„Das ist richtig, das geht bei einem Arbeiter oder Angestellten wesentlich schneller. Auch ohne Krankheit, wenn du deinen Job verlierst, geht es sehr schnell runter in die Grundsicherung."

Julia straffte sich und sah Lars an. „Bürgergeld heißt das jetzt. Und jetzt Schluss mit diesen trüben Gedanken. Konzentrieren wir uns auf ihn, was steht noch in dem Dokument?"

„Mir fällt eher das auf, was nicht drinsteht. Warum ist er auf der Straße gelandet, was ist mit seiner Frau und den Kindern? Ist er vielleicht straffällig geworden, war er im Knast? Obdachlos war er übrigens nicht, er hatte eine Unterkunft in einem Wohnprojekt."

„So wie dieser Gadberg."

„Bingo", stimmte Lars zu und zeigte mit dem Finger auf Julia, „die zweite Gemeinsamkeit."

„Meinst du, sie könnte von Bedeutung sein? Oder bloß Zufall?"

„Das ist eine der Fragen, die ich dieser Miriam Marsberger stellen möchte. Diese und noch viele andere."

„Mann, ist das wieder warm heute. Hol nochmal Wasser aus dem Wagen, am besten gleich mehrere Flaschen." Mit einer lässigen Handbewegung schickte Alex Maier den Auszubildenden aus dem Wald zu ihrem Kastenwagen, der etwa hundert Meter entfernt auf dem Weg parkte. Er legte seine *Stihl*-Kettensäge auf einen der Baumstümpfe, klappte das Plexiglas-Visier seines roten Arbeitshelmes hoch und sah sich um. Auch hier, in der Iserlohner Heide, hatten Trockenheit und Borkenkäfer ganze Arbeit geleistet, es gab so gut wie keine Fichten oder Tannen mehr. Der Laubwald auf der anderen Seite des Weges und weiter unten, zur Senke hin, sah gut aus, dem hatten die Käfer nichts anhaben können. In den vielen Jahren, die er als Forstwirt arbeitete, hatte er eine solche Verwüstung noch nicht gesehen. Kyrill war schon eine Katastrophe, damals, 2007 im Januar. Er hatte das Gesicht seines geliebten Iserlohner Waldes für immer verändert. Borkenkäfer und Trockenheit hatten es zerstört. Er ging hinüber zu einem Wurzelteller, in dessen Schatten er sich für ein paar Minuten setzen wollte. Diese Fichte hatte Sturm „Sabine" hingerafft, übriggeblieben war nur die große flache Wurzel, die knapp drei Meter hochstand und eine große Kuhle hinterlassen hatte. Aber es war nicht nur der Wald, der so sehr gelitten hat. Die Waldbauern taten ihm auch leid, der Preis für das Festmeter Holz war im Keller. Er und seine Kollegen dagegen hatten Arbeit ohne Ende, sein Job war sicher.

„Setz dich, wir machen Pause. Schön kühl, das Wasser."

Er nahm die Flasche aus der Hand des jungen Auszubildenden und spürte die kalten Wassertropfen auf ihr. Die Kühltasche mit dem Stromanschluss war eine tolle Erfindung.

„Da setze ich mich nicht hin."

Seltsam, sonst war der Lehrling doch auch nicht so etepetete. „Ist es dir hier zu staubig?" Alex lächelte. „Hätte ich das gewusst, hätte ich vorher noch ..."

„Nein, wegen dem Knochen da. Und dem daneben."

Der Forstwirt sah auf den Boden neben sich. Tatsächlich, ein großer länglicher Knochen und zwei kleinere. Vorsichtig wischte er mit der Hand trockenen Boden von den Knochen, legte sie frei. Dann stand er vorsichtig auf.

„Weißt du, von welchem Tier die sein könnten, Alex?"

„Ich bin ja auf dem Bauernhof aufgewachsen", nuschelte der. „Da wurde noch selbst geschlachtet. Ich habe auch beim

Metzger beim Zerteilen geholfen. Aber so einen Knochen habe ich noch nicht gesehen. Gib mal dein Handy."

„Nichts. Sie hatte seit fast zwanzig Jahren keinen Kontakt mehr zu ihrem Mann."

„Wer? Welcher Mann?" Lars sah von seinem Monitor auf Julia, die vor seinem Schreibtisch stand, ihre gelbe Kaffeetasse mit dem Smiley in den Händen.

„Hast du so viele wichtige Mails bekommen? Ich spreche von Renate Wiemer, der ehemaligen Frau von unserem zweiten Mordopfer, Hans Wiemer. Ich habe sie angerufen, sie wusste noch nicht einmal, dass ihr Ex so abgerutscht ist."

„Iserlohn ist doch keine Großstadt, das wird ihr doch sicher jemand erzählt haben, der ihren Mann mit den anderen Trinkern gesehen hat", wunderte sich Lars.

„Sie lebt seit der Trennung nicht mehr hier, sie ist an die Ostsee gezogen, auf die Insel Fehmarn."

„Hat sie dir auch erzählt, was sie dort macht? Oder genießt sie einfach ihren Ruhestand?"

„Sie ist zu ihrem neuen Partner gezogen, aufs Land. Kennengelernt hat sie ihn in Iserlohn, er war auf einer Tagung. Danach, sagt sie, ist sie nie wieder zurückgekommen, sie hatte keine Verwandten hier. Dass ihr Ex-Mann tot ist und noch mehr, wie er gelebt hatte, hat sie ziemlich schockiert."

„Aber nicht genug, um bei ihm zu bleiben?"

„Höre ich einen leicht sarkastischen Unterton? Es war wie so oft, er hat sehr viel Zeit in seinem Job als Ingenieur verbracht und sich außerdem intensiv um sein Hobby gekümmert."

„Lass mich raten, die Spielzeug-Eisenbahn im Keller?", lächelte Lars.

„Nein, er hat sich um die Iserlohner Geschichte gekümmert, ziemlich professionell, wie sie sagte."

„Tja, hätte er sich mehr um die Gegenwart, um seine Frau gekümmert, wäre sie vielleicht noch bei ihm und er nicht auf der Straße gelandet. Ich gehe mal kurz vor die Tür, Julia, bisschen frische Luft schnappen, ich habe Kopfschmerzen." Seine Jacke nahm er nicht mit, als er das Büro verließ. Kaum draußen angekommen, lief ihm seine ehemalige Partnerin Sabrina mit ihrem neuen Kollegen in die Arme.

„Freut mich, dich zu sehen, Sabrina, wie geht es dir?"

Sie sah ihm an, dass seine Freude echt war, und auch sie hätte ihn fast umarmt. „Prima, wir kommen gerade von einem Fall. Gehst du schon bitte vor?" Ihr Begleiter nickte nur und ging ins Präsidium.

„Sehr gesprächig ist er nicht gerade, dein neuer Kollege. Ist der immer so?"

„Er ist schon ganz in Ordnung, hat sich vorhin nur geärgert. Natürlich kommt er niemals an dich heran", legte sie ihren Kopf schief und sah ihn schelmisch an.

„Das war mir von vornherein klar", gab der sich überzeugt und drückte den Rücken durch. „Aber mal ehrlich, wie geht es dir? Hast du dich mit der neuen Situation angefreundet?"

„Wie gesagt, eigentlich ist er ganz nett", lächelte sie ihn an, „die Situation ist völlig neu. Von der Mordermittlung zum Betrug, das ist ..."

„Ein Abstieg?"

„Vielleicht. Manchmal kommt es mir so vor", nickte sie kaum merklich und sah an ihm vorbei, „es kann auch eine Befreiung sein, ich weiß es noch nicht. Aber da wir gerade bei Mord und Totschlag sind", wechselte sie abrupt das Thema, „hast du etwas von den Knochen gehört, die oben im Wald am Erbenberg gefunden wurden?"

„Nur nebenbei", war auch Lars über den Themenwechsel froh, „da kümmert sich ein Kollege drum. Die liegen noch in der Gerichtsmedizin. Sie sind menschlich, aber sehr alt, sagte der Kollege, wohl eher was für Historiker oder Archäologen."

„Mord verjährt nicht." Sabrina hatte den Satz eher geflüstert, als sie mit düsterem Blick an ihm vorbei ins Gebäude ging.

„Da lehnt sich aber einer mächtig aus dem Fenster." Lars winkte Julia zu sich, die sich auf seinem Schreibtisch abstützte und gespannt auf den Bildschirm blickte.

„Der scheint sich regelrecht über die Toten zu freuen", schüttelte sie den Kopf. „Und das auch noch auf Facebook zu schreiben. Wer ist denn der Kerl?"

„Zumindest ist er nicht allein. Hast du die Kommentare darunter gelesen?"

„Bin gerade dabei. Unglaublich, von *Weg mit dem Pack!* bis *Was seid ihr nur für Menschen?* Asoziale Medien in Reinform. Suchst du dort gezielt etwas?"

„Nur das, was manche Leute in dieser Gruppe über die Taten denken."

„Manche sind wirklich völlig hemmungslos. Kennst du den Kerl, der das geschrieben hat?"

Lars schüttelte den Kopf. „Der Name sagt mir nichts, und wer weiß, ob es sein richtiger ist."

„Ich schau mal in der Datenbank." Julia drehte sich um und ging zu ihrem Schreibtisch. Erst jetzt roch Lars diesen süßen und doch frischen Duft, der von ihr ausging. Ihr Parfüm? Hatte er es vorher schon einmal gerochen? Nein, er konnte sich nicht erinnern. Bestimmt hätte er ihn gerochen, wenn sie ihn getragen hätte, ganz sicher, dafür war er zu ... Ja, was eigentlich? Und warum hatte sie heute dieses Parfüm aufgelegt, im Büro?

„Kein Unbekannter, der Kerl. Und Jens Wagner ist tatsächlich sein richtiger Name. Hier, schau mal."

Lars ging zu ihrem Schreibtisch und sah auf den Bildschirm. Ja, es war ein faszinierender Duft, schwer und leicht zugleich, süß, frisch und fruchtig. Wie roch Sabrina? Welchen Duft verband er mit ihr? Er beugte sich ein wenig weiter hinunter, als es nötig gewesen wäre, dann konzentrierte er sich auf das, was er las. „Vorbestraft wegen mehrerer Gewaltdelikte, auch in Zusammenhang mit Kundgebungen der Partei *Die Nation*, hat noch ein halbes Jahr Bewährung. Ein echter Sympathieträger, der Kerl."

„Ich denke, wir sollten ihn überprüfen. Ich glaube zwar nicht, dass er direkt mit den Morden zu tun hat, aber er sollte wissen, dass wir ihn auf dem Schirm haben."

„Das machen wir, und zwar gleich. Schreib doch bitte seine Adresse auf, dann besuchen wir ihn. Strafrechtlich ist nichts zu machen, geschmacklose Beiträge auf Facebook oder anderen Kanälen sind nicht verboten. Aber ich möchte wissen, wo er zu den Tatzeiten war."

„Das ist völlig absurd. Und noch absurder ist es, dass sich die Polizei vor den Karren irgendeines Mitbewerbers spannen lässt."

Sabrina schaute hinüber zu ihrem Kollegen Paul, der scheinbar völlig entspannt in dem schwarzen Ledersessel saß, die Arme auf den schmalen Lehnen.

„Wir lassen uns von niemanden vor irgendetwas spannen, wie Sie sich ausdrücken. Es liegt eine Anzeige vor, dass ihre Firma einen Kunden über Jahre betrogen haben soll, indem sie minderwertige Produkte geliefert haben. Minderwertig in dem Sinne, dass es sich bei dem Material um günstigen Stahl aus China handelt, im Vertrag jedoch hochwertiger Stahl aus deutscher Produktion festgehalten wurde."

„Erwarten Sie jetzt von mir eine Stellungnahme?"

Sabrina sah, dass der Mann sich leicht vorbeugte und seine Arme auf der glänzenden Schreibtischoberfläche abstützte, als er Paul fixierte. Ein gutaussehender Mann, schlank, mit fast schwarzen Haaren, etwa Ende dreißig, mit einem perfekt sitzenden Anzug, der sicher nicht von der Stange kam. Wirklich gutaussehend - wenn da nicht dieser herablassende, arrogante Zug in seinen Mundwinkeln gewesen wäre.

„Ich werde die Sache an unsere Rechtsabteilung weitergeben, die werden sich mit einer Stellungnahme an Sie wenden. Guten Tag."

„Das war sicher nicht unser letzter Besuch bei diesem Schnösel", stelle Paul klar, als sie die alte weiße Direktorenvilla neben den Produktionshallen und Büros im Gewerbegebiet von Süммern verließen. „Wenn die das tatsächlich seit Jahren so durchgezogen haben, ist mit Sicherheit eine Menge Geld auf den Konten gelandet, viel Geld für minderwertiges Material. Ich frage mich nur, warum das dem Kunden erst nach Jahren aufgefallen ist."

„Vielleicht hat es mit dem Namen zu tun", orakelte Sabrina. „Die von Iserens sind nicht irgendwer, neben viel Geld haben die beste Verbindungen in hohe, auch politische Kreise. Das ist alter Iserlohner Adel, hat mir Lars einmal erzählt, die seit Jahrhunderten hier ansässig sind und Geschäfte machen. Ihren Ursprung haben sie in der Landwirtschaft, dort sind sie groß geworden. Noch heute besitzt die Familie jede Menge Wald und anderen Grundbesitz, dazu handeln sie mit Stahl und Immobilien. Über die vielen Jahre ist ein weitverzweigter Konzern entstanden, der so verflochten ist, dass selbst unsere Fachleute kaum noch durchblicken, hat Lars gesagt. Tja, und bevor du dich mit solchen Leuten anlegst, überlegst du dir es wohl dreimal."

„Da hast du sicher recht", nickte Paul, als er Sabrina die Beifahrertür aufhielt, „trotzdem, auch die stehen nicht außerhalb des Gesetzes. Und vor allem mag ich es nicht, so herablassend behandelt zu werden."

„Das weiß ich", nickte Sabrina, als sich Paul hinter das Lenkrad ihres schwarzen Dienst-BMW setzte, „wir werden uns die Herrschaften etwas genauer ansehen. Wo so viel Licht ist ..."

„... ist auch immer ein großer Schatten, der vieles verbirgt. Na, dann auf ins Büro, unser bislang größter Fall wartet."

4

„Ja, ich verstehe sehr gut, dass ihr Angst habt, die hätte ich auch. Wir müssen gemeinsam überlegen, was wir tun können, bis die Polizei den Täter ermittelt hat."

„Die Bullen", schnaubte Wim verächtlich, „die kriegen den doch nie. Bevor die den haben, sind wir alle unter der Erde. Dieser Killer will uns weghaben, das ist alles, wir stören hier nur. Sieht doch alles so schön neu und sauber aus, da soll das Pack verschwinden, ganz einfach."

Miriam wartete einen Moment, bis sich das zustimmende Gemurmel und die Rufe gelegt hatten. „Wenn jemand das wollte, könnte er es einfacher haben, dazu müsste er nicht zwei Menschen erschlagen und riskieren, den Rest seines Lebens im Knast zu verbringen." Wieder wartete sie einen Moment, bis ihr Argument sich in Nachdenklichkeit unter den Männern und der Frau verwandelt hatte. „Er könnte ständig die Polizei oder das Ordnungsamt rufen, einen privaten Sicherheitsdienst engagieren, der euch das Leben schwer macht, es gäbe so viele Möglichkeiten. Nein, wir müssen herausfinden, warum es die beiden getroffen hat. Denkt nach, was haben sie erzählt aus ihrem Leben, aus der Gegenwart und der Vergangenheit, gab es Gemeinsamkeiten, Personen, die beide kannten? Sie sind nicht zufällig Opfer geworden, da bin ich sicher, es muss einen bestimmten Grund gegeben haben. Denkt nach, und wenn euch etwas einfällt, kommt zu mir, in mein Büro, ich bin immer für euch da. Bleibt zusammen, auch auf dem Weg zu euren Zimmern oder Unterkünften, geht nicht allein. Es wird nicht mehr lange dauern, dann mache ich ein eigenes Zentrum auf, dort seid ihr sicher und immer willkommen."

„Ein eigenes Zentrum? Wie willst du das machen", fragte Werner, „hast du im Lotto gewonnen? Oder tut die Stadt so viel Geld raus?"

Miriam blickte den dicken Mann, der noch Wert auf seine gepflegte Kleidung legte, an. „Ich habe einen Weg gefunden, und es wird nicht mehr lange dauern. Bis dahin müsst ihr vorsichtig sein, auch wenn ich sicher bin, dass Hans und Werner keine zufälligen Opfer waren." Sie drehte sich um und ließ eine nachdenkliche Gruppe hinter dem Toilettenhäuschen zurück. Ihr Weg führte sie zu einem kleinen Internetcafé in einer Nebenstraße der Fußgängerzone. Sie sah sich noch einmal um, als sie es betrat, achtete darauf, dass niemand auf ihren Monitor sehen konnte. Dann schrieb sie die E-Mail, die ihr Leben ändern würde.

Lars öffnete die Tür und hielt sie Sabrina auf. Sie ging lächelnd an ihm vorbei und sah ihn an, wie er es lange nicht bei ihr gesehen hatte. Sie fanden einen kleinen Tisch am Fenster.

„Das *Schnöggel* war eine gute Idee, Sabrina, um einen Wein nach Feierabend zu trinken. Erstens ist es gemütlich und zweitens habe ich einige der Leute, um die ich mir Sorgen mache, in der Nähe."

„Willst du das denn, sie so nahe bei dir zu haben? Wird dir das nicht zu viel?"

„Keine Sorge, wie du weißt, kann ich gut abschalten. Aber ich mache mir schon Gedanken um sie. Auch wenn manche ziemlich laut werden können und manchem Bürger ein Dorn im Auge sind, im Moment sind sie einfach wehrlos. Zwei sind tot, dass die anderen Angst haben, ist klar."

„Ich weiß nicht, ob du jetzt darüber sprechen willst, aber habt ihr bei euren Ermittlungen schon Fortschritte gemacht?" Dabei lehnte sie sich zurück und schlug ein Bein über das andere.

Lars blickte sich in der Gaststätte um, es war voll, aber nicht laut, die Gespräche der Gäste waren gedämpft, ab und zu von einem Lachen unterbrochen. „Im Grunde haben wir nichts", gab er zu, „beide wurden mit einem stumpfen Gegenstand erschlagen, vermutlich einem Baseballschläger. Da die Wunden sich gleichen und auch an derselben Stelle sind, gehen wir von einem Täter aus. Das Profil der Schuhe ist nicht gleich, einmal ein Turnschuh, beim zweiten Opfer ein Straßenschuh. Fremde DNA konnten wir nicht zuordnen, die Tatorte sind, wie du weißt, in unmittelbarer Nähe zueinander. Zeugen gibt es nicht, nicht einmal Mutmaßungen der anderen, die sich hinterm Museum aufhalten. Wir haben nicht den geringsten Hinweis auf einen Täter oder ein Motiv. Gemeinsam haben die Opfer nur, dass sie keine klassischen Karrieren im Sozialsystem haben, sondern früher normale bürgerliche Berufe und Familien hatten. Aber das hat einer der anderen, der Werner, auch, bis ihn die Drogen erwischt haben."

Sabrina nickte und beugte sich wieder vor. „Das ist frustrierend, aber ich bin sicher, ihr werdet Erfolg haben, wenn ihr beharrlich weiter ermittelt. Wie kommst du jetzt, nach den ersten Tagen, mit deiner neuen Kollegin zurecht?"

Lars holte tief Luft und überlegte einen Moment. „Zuerst hatte ich die Befürchtung, dass sie einen Alleingang versucht."

„Wegen der Befragung der Leute nach der ersten Tat?"

Lars nickte. „Ja, da hatte ich Bedenken. Mittlerweile nicht mehr, ich denke, es könnte sich ganz gut einspielen. Natürlich nicht so gut wie mit dir!", setzte er lachend und mit gespielter Entrüstung nach.

„Das ist lieb von dir." Gemeinsam schwiegen sie einen Moment und Lars genoss die Wärme in Sabrinas Augen.

„Und bei dir, wie ist es mit diesem ..."

„Paul Henders heißt er. Er ist immer freundlich zu mir, im Auftreten bei anderen manchmal etwas schroff. Zuerst habe ich es für Arroganz gehalten, dabei ist es wohl eher seine

Ungeduld. Er ist sehr ehrgeizig, er will nach Düsseldorf, das ist sein Ziel. Ich hoffe nicht, dass ich mich in kurzer Zeit schon wieder an ein neues Gesicht gewöhnen muss."

Lars bemerkte eine Spur Unsicherheit in ihrer Stimme, und auch an ihrem Wein nippte sie nur sehr vorsichtig.

„Wie schmeckt dir der Rote? Ich finde, er ist sehr annehmbar. An welchen Fällen arbeitet ihr zurzeit?" Lars stellte sein Glas wieder ab und sah Sabrina an. Er sah diese melancholische Stimmung in ihrem Gesicht, die ihn sich fragen ließ, wie lange sie noch bei der Kripo bleiben würde.

„Es sind meistens kleinere Sachen wie dieser Betrug an der alten Frau mit dem Enkeltrick."

„Ja, das ist widerlich, alte Menschen, die oftmals nicht mehr alleine klarkommen, so auszunehmen. Manche Leute haben nicht mehr das geringste Schamgefühl."

„Gestern bekamen wir noch eine Anzeige auf den Tisch gegen die von Iserens, die sollen in großem Stil einen Kunden abgezogen haben."

„Die von Iserens? Ha ha, da habt ihr euch so ziemlich den schwersten Brocken rausgesucht, der in Iserlohn und im Märkischen Kreis zu vergeben ist. Habt ihr mit einem aus der Familie gesprochen?"

„Ja", nickte Sabrina, „einem gewissen Reinhart von Iseren."

Lars lächelte vielsagend. „Das ist einer der drei Nachkommen des Geschäftsführers Dr. Sebastian von Iseren und seiner Frau Sieglinde. Die anderen Kinder heißen Norbert und Cäcilie. Die arbeitet als einzige aus der ganzen Sippschaft nicht in dem Konzern, ist Psychologin. Und dann gibt es ganz oben an der Spitze noch den Patriarchen, Theodor und seine Frau Margarete. Die müssten beide schon an die neunzig sein. Operativ geleitet wird der Laden von Sebastian von Iseren, aber wie ich gehört habe, hält der Patriarch, wie er genannt wird, noch den Daumen drauf."

„Einen sympathischen Eindruck hat dieser Reinhart von Iseren nicht gerade gemacht."

„Das kann ich mir denken", schmunzelte Lars, „wie ich gehört habe, sind die untereinander verfeindet, die Brüder reißen sich um die Nachfolge als Geschäftsführer. Ob das die Schwester auch macht, weiß ich nicht, die arbeitet wie gesagt als Einzige nicht in dem Laden. Und dem Senior scheint der Kampf um die Nachfolge nur recht zu sein. Aber das Klima untereinander soll ziemlich vergiftet sein, man munkelt, dagegen war der Denver Clan die reinste Harmonie-Veranstaltung. Auch die Ehefrauen der Brüder, Regina und Constanze, mischen kräftig mit, beide arbeiten ebenfalls im Konzern."

„Das scheint ja eine nette Familie zu sein. Wer weiß, vielleicht hat einer von denen dem betrogenen Kunden die Informationen über den Betrug sogar zukommen lassen, um dem verantwortlichen Familienmitglied zu schaden. Das ist doch kein Leben in so einer Bande."

„Da hast du recht", nickte Lars, „unter einer Familie verstehe ich auch etwas anderes." Er zögerte einen Moment, blickte auf den Tisch und verschränkte die Finger, als wollte er beten. „Hast du eigentlich noch Familie, Geschwister oder Verwandte? Nicht, dass es mich etwas angeht, aber ich weiß so gut wie nichts von dir. Du musst natürlich nicht antworten, und ich wäre dir auch nicht böse ..."

Sanft legte Sabrina ihre warme Hand auf seine und lächelte ihn an. „Nein, ich bin dir überhaupt nicht böse, ganz im Gegenteil, ich freue mich, dass du dich für mein Leben interessierst. Ich wollte dich auch schon nach deiner Familie, deiner ehemaligen Frau fragen, aber irgendwie ..."

Lars nickte leicht und blickte auf. „Dass ich geschieden bin, weißt du, seit vier Jahren. Und seit dieser Zeit habe ich keinen Kontakt mehr zu meiner Ex. Sie hat es ein paarmal versucht, aber ich wollte es nicht. Zwanzig Jahre waren wir zusammen, aber gestimmt hat es zwischen uns schon lange nicht mehr. Die

Scheidung war nur der Schlusspunkt unter einer langen Entfremdung."

„Zwanzig Jahre, so lange hat bei mir keine Beziehung gedauert. Meistens war ich nur kurze Zeit mit meinen Partnern zusammen, nicht länger als drei Jahre. Und auch das ist wieder lange her. Mit meinen Eltern habe ich nur noch selten Kontakt, alle paar Monate telefonieren wir, weil man es eben so macht. Sie leben in Bayern, und ich bin froh, dass so viele Kilometer zwischen uns liegen. Wirklich zu sagen haben wir uns nichts mehr, sie sind so völlig anders als ich, oberflächlich, möchte ich sagen. Ich bemühe mich, sie zu vergessen, ganz gelingt es mir nicht, leider."

„Das kann ich gut nachvollziehen, Menschen aus seinem Gedächtnis streichen zu wollen macht sie nur präsenter. Aber bevor wir endgültig sentimental werden, möchtest du noch einen Wein?"

„Nein", schüttelte Sabrina den Kopf, so dass ihre langen Haare in Bewegung kamen, „ich würde gern nach Hause."

„Soll ich dich ein Stück mitnehmen?" Lars legte zehn Euro auf den Tisch, stand auf und nahm sein Jackett von der Stuhllehne.

„Nein, danke, ich möchte noch etwas gehen, über die alte Bahntrasse."

„Dann pass auf dich aus, Sabrina. Es war sehr schön heute Abend. Sicher werden wir uns morgen im Präsidium sehen, bis dann und schlaf gut."

Gemeinsam verließen sie das *Schnöggel*, und während Lars zu den Parkplätzen ging, schlug Sabrina den Weg zu dem kombinierten Fuß- und Radweg ein. Nachdenklich schlenderte sie, die Hände in den Taschen ihrer dünnen Jacke, in Richtung ihrer Wohnung an der Heinrichsallee. Hätte sie Lars' Angebot, sie mitzunehmen, annehmen sollen? Sicher, es wäre schneller gegangen und ihre Katze hätte nicht so lange auf ihr Futter warten müssen. Aber wie hätte sie sich verabschieden sollen? Einen guten Abend wünschen und verlegen aussteigen? Ihn noch auf ein Glas nach oben bitten? Und dann? Wie wäre der Abend geendet? Hätte sie sich auf ihn einlassen, mit ihm schlafen sollen? Noch nie hatte sie sich so nah zu ihm gefühlt wie vorhin, während ihres Gesprächs. Hätte die Nacht alles kaputtgemacht oder vertieft, wäre sie der Anfang einer Beziehung mit Lars geworden? Wollte sie das? Diese Frage hatte sie sich schon so oft gestellt und wie immer keine Antwort darauf gefunden. Und auch nicht auf die Frage, ob sie kündigen sollte.

„Guten Tag, Herr Wagner, bitte setzen Sie sich." Julia stand neben dem bulligen Mann, als Lars den Vernehmungsraum betrat. Ihr Gast war einen Kopf größer als sie, sehr muskulös, die Haare raspelkurz, der dunkle Dreitagebart gepflegt. Er sah aus, als käme er aus dem Fitnessstudio, Sporthose, T-Shirt und Sneaker. Wortlos setzten sie sich. Julia spürte die Aura von Stärke und Präsenz, die von dem Mann ausging, sein Selbstbewusstsein schien riesig. Keine Spur von Unsicherheit, die viele Personen befiel, sobald sie den Vernehmungsraum betraten. Überhebliches Schweigen.

„Herr Wagner, es geht bei unserem Gespräch um die beiden Tötungsdelikte an zwei Männern in der südlichen Innenstadt. Sie haben sich in einem sozialen Netzwerk dazu zustimmend geäußert. Man könnte auch sagen, sie haben den Tod der Männer bejubelt, warum?"

„Weil die Penner kein Mensch braucht." Während er sein Urteil fällte, schlich sich ein leichtes Lächeln in seine Mundwinkel. „Die stehen den ganzen Tag da rum, saufen, pöbeln die Leute an, besetzen die Haltestellen und pissen überall hin. Würden Sie die vermissen, wenn die nicht mehr da sind? Da hätten ihre Kollegen auch weniger Arbeit." Dabei schob er die Ärmel seines T-Shirts hoch und lehnte sich mit den muskulösen Unterarmen auf der Tischplatte ab. Julia und Lars entdeckten zahlreiche Tätowierungen auf den Armen, deren Bedeutung sie nicht erkennen konnten, verschnörkelte Schriftzüge und gewundene Zeichnungen.

„Wen ich vermissen würde, steht hier nicht zur Debatte. Dadurch, dass sie den Tod dieser Männer begrüßt haben, gehören Sie zu den Leuten, die wir verdächtigen, das sollte Ihnen klar sein."

Statt einer Antwort bekamen sie nur ein Schulterzucken.

„Deshalb muss ich sie fragen, wo Sie morgens zwischen sechs und sieben Uhr am ..."

„Im Studio", antwortete Jens Wagner ohne Zögern.

„Ich habe noch gar nicht gesagt, welche Tage ich meinte, wieso antworten Sie dann?", ärgerte sich Lars.

„Ganz einfach, ich bin jeden Tag morgens im Studio, auch am Sonntag, sieben Tage die Woche. Von Viertel vor sechs bis um halb acht, dort ist es noch ruhig und es sind kaum Kanaken da. Dann fahre ich nach Hause und von dort meist zur Uni. Gelegentlich auch zu meinem Job, mit dem ich das finanziere."

„Wenn Sie, wie Sie sagen, jeden Tag um diese Uhrzeit im Studio sind, gibt es bestimmt Leute, die das bestätigen können. Es wäre hilfreich, wenn Sie uns eine Liste dieser Menschen geben könnten", forderte Julia ihn auf. „Was ist das für ein Job, den Sie machen?"

„Ich arbeite bei einem Sicherheitsdienst, Objekt- und Personenschutz. War es das jetzt?"

„Kein Grund, aggressiv zu werden, Herr Wagner. Denken Sie bitte an die Liste, guten Tag."

Ohne zu grüßen, stand der Hüne auf und verließ den Raum.

„Was für ein angenehmer Zeitgenosse", stöhnte Julia und schloss die Augen.

„Und der lebende Beweis, dass auch Idioten studieren können."

„Wahrscheinlich BWL oder VWL", mutmaßte Julia.

„Ein Arschloch, aber scheinbar können wir ihn von unserer sehr kurzen Verdächtigenliste streichen."

„So lange keine neuen Ergebnisse von der KTU kommen, sollten wir uns auf die sozialen Medien konzentrieren, auf alle, die sich zu den Taten geäußert haben. Das war nicht nur der Wagner."

„Ja, holen wir uns eckige Augen. Gestörte gibt es viele da draußen."

„Der will nichts mehr mit uns zu tun haben."

„Wen meinst du?" Ratlos schaute Sabrina auf ihren jungen Kollegen.

„Na, diesen von Iseren. Der hat seine Anwälte in Bewegung gesetzt, hier, das ist deren Stellungnahme." Dabei wedelte Paul mit einem mehrseitigen Brief.

„Wenn du ihn schon gelesen hast, kannst du ihn auch kurz zusammenfassen", forderte Sabrina ihn auf und wunderte sich, warum er ihn bekommen hatte und sie nicht.

„Ist ganz einfach, die streiten alles ab und beschuldigen den Kunden, diese Weihrauch GmbH, falsche Anschuldigungen zu erheben und wollen gegen die vorgehen."

„Wenn zwei sich streiten, freuen sich Anwälte und Gutachter", murmelte Sabrina. „Dabei ist die Sache doch eindeutig, die haben minderwertige Produkte geliefert."

„Nicht minderwertig, nur etwas von der Vereinbarung abweichend, aber noch in der Toleranz, schreiben die."

„Wer ist denn eigentlich direkt verantwortlich? Doch nicht der von Iseren, da muss es doch einen Abteilungsleiter geben."

„Den gibt es, Sabrina, hier, den benennen sie, ein Thomas Rütter, schon seit Ewigkeiten in der Firma."

„Der wird wohl im Zweifelsfall das Bauernopfer werden. Wir sollten mit ihm sprechen, lade ihn mal ein."

„Bin gespannt, ob der ohne die Anwälte überhaupt kommen darf. Aber du hast recht, wir sollten es versuchen."

„Bis dahin kümmern wir uns um die betrogene alte Dame. Es hat sich auf unsere Pressemitteilung ein Zeuge gemeldet, der den Mann nicht nur gesehen, sondern ihn auch gefilmt hat."

„Gefilmt? Wieso filmt der fremde Menschen, das Recht am eigenen Bild gilt auch im Smartphone-Zeitalter", wunderte sich Paul.

„Nicht gezielt, der ist ihm ins Bild gelaufen, als der Zeuge vor dem Haus Aufnahmen von seiner Freundin gemacht hat. Das Haus der alten Dame liegt neben einem Park, wie du weißt. Er will uns das Video heute noch senden. Wenn die Aufnahmen brauchbar sind, können wir ein Foto veröffentlichen. Es würde mich sehr freuen, wenn wir diesen Mistkerl dingfest machen könnten."

„Und die alte Dame vielleicht ihr Geld zurückbekommen würde."

„Daran glaube ich nicht", schüttelte Sabrina leicht den Kopf, „das wird wie in den meisten Fällen schon im Ausland sein. Dir liegt viel daran, den Kerl zu finden, richtig?"

„Solche Typen sind für mich das Allerletzte. Danach kommen nur noch Kinderschänder und Mörder."

„Das könnte die Familie sprengen."

„Nein, Sieglinde, es wird unter unseren Kindern einige Zeit etwas Unruhe geben, danach wird sich alles einrenken und sie wieder zusammenarbeiten."

„Unruhe? Zusammenarbeit?" Erstaunt schaute Sieglinde von Iseren von ihren Plänen auf. Sie saß in ihrem Arbeitszimmer, ihr Mann stand ihr auf der anderen Seite des großen Zeichentisches gegenüber, einen Cognacschwenker in der rechten Hand, die andere in der Hosentasche. „Das wird keine Unruhe, das wird Krieg, und du weißt das. Und ich möchte nicht, dass unser Unternehmen ein Opfer dieses Krieges wird. Ich weiß, eine Entscheidung ist nötig, aber die Folgen könnten gravierend sein. Meinst du nicht, dass es doch eine gute Idee wäre, wenn Norbert und Reinhart gemeinsam den Konzern führen?"

„Nein", schüttelte der energisch den Kopf, „du weißt, dass ich von dieser Konstellation nichts halte. Das würde die Auseinandersetzung nur verschieben und verlängern, dem Unternehmen noch mehr schaden. Deshalb werde ich die Entscheidung vorziehen, sie bei der Präsentation der Unternehmensdokumentation bekanntgeben. Das wird sie überraschen, und das soll es auch. Ich weiß doch, wie sehr beide kämpfen, mir gegenseitig ihre Verfehlungen und mangelnde Perspektiven vorhalten, ihre Pläne, wie sie das Unternehmen weiterentwickeln wollen. Nein, meine Entscheidung ist gefallen, Reinhart wird das Unternehmen leiten. Morgen treffe ich mich noch mit Cäcilie, sie ist unabhängig, mit ihr werde ich die Entscheidung besprechen, als Tochter und als Psychologin. Und übermorgen lasse ich die Bombe platzen."

„Was hältst du von einem leckeren Kaffee im *Schnöggel*, lieber Lars?" Lächelnd lehnte sich Julia in ihrem Bürostuhl zurück und sah Lars herausfordernd an. Sein Blick blieb einen Moment zu lang an ihr hängen, an ihren langen übereinandergeschlagenen Beinen, ihrer schlanken Taille, ihren festen Brüsten, die ihre blaue Bluse fast platzen ließen.

„Aber du weißt schon, dass wir noch Dienstzeit haben?" Lars hoffte, dass sie seinen bewundernden Blick nicht als Starren aufgefasst hatte. Und *lieber Lars* hatte sie noch nie zu ihm gesagt.

„Es wird auch ein dienstlicher Kaffee sein, bei dem wir besprechen können, was wir von den Leuten vor dem Museum erfahren haben. Ich bin sicher, dass sie uns etwas sagen werden, mit uns sprechen. Wir müssen mehr über die beiden Opfer erfahren, nicht nur die Daten aus den Akten. Wer waren sie, was waren es für Menschen? Vielleicht finden wir Hintergründe, die erklären, warum sie sterben mussten. Ich kann nicht glauben, dass sie nur zufällige Opfer dumpfer Gewalt sind."

„Das denke ich auch nicht. Du hast recht, lass uns gehen und mit den Leuten sprechen."

Sie nahmen ihre Jacken und verließen das Präsidium. Zu Fuß gingen sie über den Hohler Weg bis zum Überweg am Kreisverkehr, dann Richtung Museum. Sie sahen die Männer und Frauen, die an den Haltestellen standen und sich unterhielten, die meisten standen hinter dem Toilettenhäuschen. Bekannte Gesichter waren darunter, Wim, Karl und Werner und viele, die sie vom Sehen kannten, aber nicht ihre Namen wussten.

Lars fiel eine Frau mit schütteren, langen grauen Haaren ins Auge, die ihm schon oft in der Innenstadt und in Supermärkten aufgefallen war. Fast immer trug sie mehrere Plastiktüten, gelegentlich in Begleitung älterer, sehr bürgerlich aussehender Männer. Sie saß auf einer der Sitzplätze, unterhielt sich mit einem älteren Mann, vor sich mehrere Plastiktüten, aber keine Bierflasche in der Hand, was sie von den anderen unterschied. Wim erkannte Julia und hob schüchtern, zweifelnd die Hand zum Gruß.

Sie freute sich darüber, winkte und ging zu ihm, Lars folgte ihr.

„Hallo, wie geht es Ihnen und euch?", fragte sie fröhlich.

„Wie soll es einem schon gehen, wenn man jeden Moment damit rechnen muss, dass einem einer den Schädel einschlägt? Weglaufen kann ich ja nicht."

Die gelassene Stimmung, auf die Julia gehofft hatte, war dahin, hatte bitterem Sarkasmus Platz gemacht. Julia sah auf den ungepflegten jungen Mann, seine wirre Frisur, seine Bartstoppeln und seine Kleidung, die er wohl schon längere Zeit trug.

Und auf seinen fehlenden rechten Unterschenkel, den er bei einem Unfall verloren hatte. Er war nach einem kleinen Diebstahl auf der Flucht vor der Polizei, hatte ihnen Miriam verraten, als ihn das Auto erwischte.

„Und bevor jemand fragt, nein, wir haben noch nicht die berühmte heiße Spur. Wir wissen nur, dass beide Opfer mit hoher Wahrscheinlichkeit von demselben Täter erschlagen wurden. Warum er das gemacht hat, wissen wir nicht, und wir hoffen immer noch, dass Sie uns dabei helfen können", erklärte Lars. „Sind Ihnen noch Gemeinsamkeiten eingefallen, Bekannte, Gewohnheiten oder etwas anderes? Sie könnten uns damit sehr helfen."

„Nicht alle von uns haben gute Erfahrungen mit den Bullen, ich meine, mit der Polizei gemacht", stellte Werner klar.

„Das wissen wir." Julia wandte sich direkt an ihn. „Es geht aber nicht um die Vergangenheit, das ist nicht wichtig. Wir bitten Sie, uns zu helfen, damit wir die Morde an ihren Freunden aufklären können und ..."

„...verhindern, dass noch einer den Löffel abgibt, das ist uns klar, das wollen wir am allerwenigsten." Stummes Nicken folgte den Worten von Werner. „Wir überlegen, wie wir uns schützen können, wir bleiben zusammen, wenn es geht, aber das geht nicht immer. Und nicht jeder von uns hat ein Handy, um die anderen zu fragen, wo sie sind. Also können wir nur hoffen, dass es etwas Persönliches war und nicht, dass irgendeiner meint, uns alle wegmachen zu müssen."

„Ist Ihnen denn eine Verbindung zwischen den beiden eingefallen?", versuchte Julia das Gespräch wieder in eine Richtung zu leiten, die sie weiterbringen konnte.

„Da gibt es einige, aber das wisst ihr selbst." Es war wieder Werner, der das Wort ergriffen hatte. „Beide waren etwa gleich alt und hatten Beruf und Familie, vor langer Zeit. Soweit ich weiß, hatten sie zu ihren Familien keinen Kontakt mehr. Auch waren beide in einer Wohngruppe. Das war es dann mit den

Gemeinsamkeiten, die beiden waren nicht eng befreundet, aber auch nicht zerstritten. Hans hat manchmal geweint, nicht nur, wenn er was getrunken hatte. Der hatte seinen Traum, ins bürgerliche Leben zurückzukehren, immer noch nicht aufgegeben, wusste aber scheinbar nicht, wie er das anstellen sollte. Oder er hatte sich an das Leben hier so gewöhnt, dass es irgendwie auch Familie für ihn war, kann ja sein." Schweigend nickten die anderen.

„So, wie Sie ihn beschreiben, standen Sie ihm näher, oder täusche ich mich?"

„Vielleicht, ein wenig. Er war öfter bei mir."

„Ja, wir wissen, dass Sie eine eigene Wohnung haben", bestätigte Lars und hielt den Männern eine Packung Zigaretten hin.

„Nichts Besonderes, hier, im Hochhaus hinter der Tiefgarage, zwei Zimmer", wies er mit dem Arm zur Seite. Julia hörte hinter der Bescheidenheit, mit der der Mann seine Bleibe beschrieb, doch den Stolz heraus, diese Wohnung zu haben.

„Hat Herr Wiemer öfter über seine Vergangenheit gesprochen?"

„Manchmal, über seine schöne Wohnung, und über seine Frau. Der hat er, glaube ich, immer noch nachgetrauert. Aber irgendetwas war da, da hat er nie drüber gesprochen. Manchmal, glaube ich, wollte er es, hat es aber nicht geschafft, warum auch immer."

„Und jetzt ist es zu spät", stellte Karl trocken fest und nahm einen Schluck aus seiner Bierflasche. „Aber bald wird ja alles anders", lachte er und gab den Blick auf seine wenigen Zähne frei.

„Was meinen Sie damit?", fragte Julia überrascht.

„Miriam hat etwas gesagt", ging Werner dazwischen, „ich glaube, sie will hier ein eigenes Zentrum aufmachen, für uns, so mit Betreuung und so weiter. Keine Ahnung, ob die das ernst meint und vor allem, wo sie die Kohle dafür herbekommen will. Iserlohn ging's finanziell auch schon mal besser, und unser Bürgermeister ist auch nicht gerade unser bester Freund", stellte er unter dem Gelächter der anderen klar.

„Ist sie konkreter geworden, was sie plant, oder war das nur eine Idee, ein Wunsch?"

„Nee, die träumt nicht", schüttelte Werner den Kopf, „wenn die was sagt, dann hat sie sich vorher schon einige Gedanken gemacht."

„Warum hat sie uns nichts davon erzählt?", wunderte sich Lars, als er mit Julia an der Seite den kurzen Weg zum *Schnöggel* ging.

„Keine Ahnung, aber wir sollten sie darauf ansprechen. Ich finde es merkwürdig, dass sie uns nichts von ihren Plänen erzählt, das fördert nicht gerade das Vertrauen."

„Sie muss uns ja nicht alles erzählen, aber wenn es mit dem Fall zu tun hat, erwarte ich das. Und dies", öffnete er Julia die Tür, „hat mit den Leuten zu tun, und damit auch mit unserem Fall. Wir werden sie morgen besuchen."

„So kenne ich dich gar nicht." Erstaunt korrigierte Sieglinde von Iseren den Sitz des Krawattenknotens ihres Mannes. „Du bist ja regelrecht nervös."

„Es wird ja auch ein sehr besonderer Tag heute", räusperte der sich. „Die Vorstellung der Firmendokumentation und die Regelung der Nachfolge, das wird ein Meilenstein in der Geschichte unserer Firma und Familie. Ist Vater bereits unten?"

„Ja, und Theodor freut sich auf den Termin, ist stolz darauf, dass du sein Lebenswerk präsentierst. Dieser Tag heute bedeutet ihm sehr viel. Margarete habe ich tatsächlich lächeln sehen, sie ist sehr stolz auf ihren Mann. Alle Medienvertreter wurden im Vorfeld mit Infomaterial und je einem Exemplar der Dokumentation ausgestattet. Nach deiner Einleitung wird Professor

Mommsen die Chronik erläutern, seine Arbeitsweise und sein Team vorstellen. Nach einigen Fragen der Medien kommen wir dann zum zweiten Teil des Termins, deine Nachfolge. Ach, das wird ein großer Tag für Reinhart, ich freue mich auch für ihn", lächelte sie selig. „Sitzen werden in einer Reihe du und Theodor, daneben Margarete und ich, dann die Kinder mit ihren Frauen." Sie legte ihre Hände auf seine Schultern und sah in seine blauen Augen, die sie immer noch faszinierten. „Es wird ein großer Tag, du musst nicht nervös sein. Wisch dir die Stirn ab und hör auf zu zwinkern, dazu gibt es keinen Grund. Und jetzt lass uns gehen."

Sie hakte sich bei ihm ein und gemeinsam gingen sie die breite geschwungene Treppe hinunter ins Erdgeschoss, in dem sich der große Sitzungssaal befand. Sie betraten ihn durch den hinteren Eingang, so dass sie direkt zu ihren Plätzen kamen. Sebastian von Iseren zupfte noch einmal an den Ärmeln und Säumen seiner anthrazitfarbenen Anzugjacke, bis seine Frau ihm ihre Hand auf den Unterarm legte und ihn besorgt ansah. Neben den lokalen Journalisten war ein Team des WDR erschienen, ebenso zwei private Fernsehsender und vor allem Redakteure und Fotografen der wichtigsten deutschen Wirtschaftsmagazine. Kameras waren aufgebaut und zielten auf sie, Handys und Aufnahmegeräte entgegengereckt, viele erwartungsvolle Blicke richteten sich auf sie. Seine Söhne mit ihren Frauen Regina und Constanze setzten sich zu beiden Seiten, ihre Tochter Cäcilie, die als Einzige nicht im Unternehmen arbeitete, nahm ganz rechts Platz. Die Tische waren in U-Form aufgestellt und mit weißen Decken versehen, Getränke standen auf jedem der Tische und durch die Glasfassade auf der rechten Seite fiel Licht in den Saal.

„Ich begrüße Sie im Namen unserer Familie zu dieser Pressekonferenz. Im Mittelpunkt steht, wie Sie bereits wissen, die Vorstellung unserer Firmenchronik." Lächelnd und stolz nahm Doktor Sebastian von Iseren das in schwarzes Leder gebundene

Buch mit dem goldenen Firmen-Signet in die Hände und hielt es hoch. Kameras und Handys klickten, Blitze zuckten trotz des taghellen Raumes und er ließ sich Zeit, bis die Medienvertreter alle Aufnahmen gemacht hatten. „Gleich wird Ihnen Professor Doktor Mommsen von der historischen Fakultät der Ruhr-Universität Bochum dazu einige Erläuterungen geben. Anschließend werde ich, ohne dass wir es Ihnen angekündigt haben, bekanntgeben, wer in Kürze mein Nachfolger als Geschäftsführer und Inhaber der Unternehmensgruppe von Iseren sein wird." Diese Ankündigung löste unter den anwesenden Medienvertreter lautes Gemurmel aus. Besonders die Redakteure der Wirtschaftsmagazine tuschelten lebhaft miteinander. Er hatte sie überrascht, mit diesem Coup hatten sie nicht gerechnet. Dann übergab er das Wort an den Professor und setzte sich.

„Du zitterst ja", sah ihn seine Frau an, als er das Wasserglas hob. „Und bist völlig verspannt." Ihr Blick forderte ihn auf, sich zu erklären, ihr zu sagen, warum ihn seine Souveränität verlassen hatte. Er nickte nur.

„Sebastian, sieh dir Reinhart an, wie gelöst und stolz er ist. Gleich kommt der größte Moment in seinem Leben, und du wirst ihn verkünden. Entspanne dich bitte, atme ein paarmal tief durch", flüsterte sie, als sie sich zu ihm beugte. Er nickte.

Wie zu erwarten, gab es zu den ausführlichen Erläuterungen des Professors keine Fragen der Medienvertreter. Gespannt sahen sie auf Siegfried, der sich langsam erhob und sich dabei mit den Fingerspitzen auf dem weißen Tuch abstützte. Dann richtete er sich auf, atmete tief und wandte sich an die Journalisten.

„Meine sehr geehrten Damen und Herren, nach langer und reiflicher Überlegung bin ich zu dem Schluss gekommen, mein Amt als Geschäftsführer zu Beginn des neuen Jahres niederzulegen. Intensiv habe ich mit meiner Familie und insbesondere meinem Vater beraten, wie eine Nachfolge aussehen könnte. Meine Söhne sind im Unternehmen groß geworden, kennen alle Abläufe und Mitarbeiter, sind mit unseren Kunden,

Lieferanten und Partnern vertraut. Eine externe Besetzung des Postens stand nicht zur Debatte. Um es kurz zu machen", und bei diesen Worten straffte er sich erneut, schloss kurz die Augen, „mit Beginn des kommenden Jahres übergebe ich die Leitung des Unternehmens an meinen Sohn Norbert von Iseren."

Schweigen. Entsetzen. Ein hilflos gestikulierender Reinhart von Iseren, der mit offenem Mund abwechselnd seinen Vater und seine Mutter anstarrte. Langsam erhob sich Sieglinde und legte die Hand auf den Oberarm ihres Mannes.

„Du hast dich versprochen", flüsterte sie, „es ist Reinhart, nicht Norbert. Du musst dich korrigieren."

„Ich danke Ihnen für ihre Aufmerksamkeit." Sebastian nickte den Medienvertretern zu, dann seinem Sohn Norbert, drehte sich um und verließ den Saal. Er ließ eine ratlose Ehefrau, einen zufrieden lächelnden Sohn Norbert und einen fassungslosen Reinhart zurück, der wie gelähmt seine Mutter ansah. Die fasste sich als Erste, ging durch den schweren Vorhang nach hinten und folgte ihrem Mann, der über die Treppe nach oben ging.

„Sebastian, bleib stehen, du musst dich korrigieren, es ist doch Reinhart." So gut sie es noch konnte, sprang sie ihrem Mann hinterher, der nicht stehenblieb.

„Ich habe mich für Norbert entschieden, aus guten Gründen. Und jetzt lass mich bitte einen Moment allein."

„Den Teufel werde ich tun", zischte sie ihn an, als sie ihn erreicht hatte. Sie griff nach seinem Arm und hielt ihn fest. „Wir waren uns einig, du, ich, Reinhart und Cäcilie, dass Reinhart am besten für die Nachfolge geeignet ist, fachlich und persönlich. Warum Norbert? Wie kommst du dazu? Du hast mir nie ein Wort davon gesagt, wie kannst du Reinhart so enttäuschen, wie kannst du mich so bloßstellen? Sebastian, was ist mit dir los?" Sie sah ihn an, verzweifelt, Tränen in den Augen, Wut in ihrer Stimme, als wäre ihr klargeworden, dass ihr Mann, mit dem sie seit vierzig Jahren verheiratet war, den Verstand verloren hatte.

„Sieglinde, ich habe meine Gründe für diese Entscheidung, gute Gründe", flüsterte er. „Ich werde sie dir nennen, später, vorher konnte ich es nicht, bitte glaube mir." Er sah auf den Boden, vermied es, sie anzusehen.

„Hast du ... hast du vorher mit Norbert darüber gesprochen? Kannte er deine Entscheidung?"

„Ja, seit gestern Abend. Und er musste mir versprechen, zu schweigen. Es fiel mir nicht leicht, ganz sicher nicht. Und jetzt lass mich bitte einen Moment allein."

Sieglinde von Iseren sah, dass er weiter nach oben ging. Kurz danach hörte sie den Motor seines Wagens. Und einen Tumult, der aus dem Saal kam.

„Bin gespannt, ob dieser Hinterhof irgendwann auch auf Vordermann gebracht wird." Lars und Julia gingen den steilen Weg hinauf zu den hinteren Eingängen der alten Fabrik an der Oberen Mühle.

„Das fände ich schade, der Komplex würde einiges von seinem alternativen Charme verlieren. Mir gefällt es so, wie es ist, es wirkt so historisch."

„Sagt meine deutlich jüngere Kollegin", lächelte Lars und schwenkte nach rechts in den Hof. Dort betraten sie den Innenraum und steuerten das Büro von Miriam Marsberger an. Sie klopften und traten nach einem „Herein" ein.

„Schönen guten Tag, Frau Marsberger", begann Lars das Gespräch. „Wir haben die Kopien gelesen, die Sie uns aus den Akten von Werner Gadberg und Hans Wiemer erstellt haben und waren etwas verwundert."

„Und zwar darüber, dass Sie uns nur Teile der Akten gesendet haben", kommentierte Julia. „Es wäre für uns sehr hilfreich gewesen, wenn wir die kompletten Unterlagen einsehen könnten. Was spricht aus ihrer Sicht dagegen?"

„Vertraulichkeit. Es waren zum Teil sehr vertrauensvolle Gespräche, die ich mit den beiden und auch anderen Klienten geführt habe. Und ich wüsste nicht, wie diese dokumentierten Gespräche Ihnen bei ihren Ermittlungen helfen könnten."

„Mal abgesehen davon, dass die beiden tot sind und somit kein Vertrauensbruch mehr möglich ist", versuchte Lars seinen Ärger über die arrogante Äußerung der Sozialpädagogin zu unterdrücken, „möchte ich Sie bitten, uns diese Beurteilung zu überlassen. Wie Sie sicher wissen, können wir uns diese Unterlagen auch durch einen Beschluss besorgen. Daher wäre es ein Zeichen der Kooperation, der hoffentlich guten Zusammenarbeit, wenn Sie uns die kompletten Akten zukommen lassen, ungeschwärzt."

„Da ist noch ein Punkt", unterbrach Julia ihren Kollegen, „wir haben von ihren Klienten gehört, dass Sie ihnen Aussicht auf ein neues Zentrum gemacht haben, ein Projekt unter ihrer Leitung, nicht mehr unter dem Dach der Diakonie. Was hat es damit auf sich und wie wollen Sie das finanzieren?"

„Da müssen die etwas falsch verstanden haben, ich habe nie von einem neuen Zentrum gesprochen", wischte sie das Thema vom Tisch. „Und da ich nichts plane, stellt sich auch nicht die Frage der Finanzierung. Was die Akten betrifft, sehe ich sie mir noch einmal genauer an, aber ich denke, die der beiden Männer kann ich Ihnen überlassen. Gibt es sonst noch was?" Dabei stand sie auf und blickte auf die beiden, die vor dem Schreibtisch saßen, herunter.

„Sie hören bald von uns." Lars und Julia standen auf und verließen das Büro grußlos. „Das mit der guten Zusammenarbeit hat sich erledigt, die verarscht uns doch."

„Kalt wie eine Hundeschnauze, die hat uns angelogen, ohne rot zu werden", pflichtete ihm Julia bei. „Als ob ihre Schützlinge alle dämlich wären. Auf die Marsberger müssen wir zukünftig ein schärferes Auge haben, die führt etwas im Schilde. Ich hätte nicht übel Lust, mich mit ihrem Vorgesetzten zu unterhalten, über die Zusammenarbeit und ihre Pläne."

„Ich denke, die sind ganz froh, dass die sich hier allein um alles kümmert, das spart einiges an Arbeit. Und jetzt lass uns zurückfahren, gleich kommt der Abteilungsleiter, dieser Rütter." Sie stiegen in ihren BMW, der direkt vor dem Gebäude parkte, und fuhren los.

„Was ist denn da los?" Julia zeigte vom Beifahrersitz auf das Toilettenhäuschen schräg gegenüber des Kreisverkehrs, in denen sie einbogen.

„Soll ich anhalten?" Lars sah auf die beiden streitenden Männer davor.

„Solange die sich nicht prügeln, nein, ich denke nicht. Aber wir können sie morgen fragen, was los war. Bis dahin werden sie sich beruhigt haben, und ich mich auch. Die Marsberger geht mir auf die Nerven."

„Meinst du, dieser Rütter kommt gleich mit einem Anwalt zu dem Termin?"

„Ich rechne damit, schließlich ist es eine Befragung. Ah, da ist er ja schon." Sie bogen auf den Parkplatz ab und gingen zum Eingang des Präsidiums, vor dem der Abteilungsleiter stand.

„Ich hätte nicht gedacht, dass der raucht", flüsterte Sabrina, als sie sich ihm näherten. „Guten Tag, Herr Rütter, Sie sind ja mehr als pünktlich", empfing sie ihn und streckte die Hand aus. Beiläufig und nervös schüttelte er sie kraftlos. „Warum warten Sie nicht im Gebäude, wir haben auch Stühle", lächelte sie.

„Ich ... ich wollte fragen, welchen Charakter unser Gespräch haben wird. Weil, wenn es ein Verhör ..."

„Eine Befragung", verbesserte Paul.

„Also, wenn es eine Befragung sein soll, muss ich einen unserer Juristen hinzuziehen, das ist die Vorgabe."

Sabrina beobachtete den Mann, der in die Tasche seines dunkelgrauen Anzugs griff und die Zigarettenpackung herausholte. Sie spürte, dass er mit sich kämpfte, darauf wartete, dass sie ihm eine Brücke bauten. Unter den schütteren dunklen Haaren hatten sich einige Schweißtropfen gebildet, und als er sich die Zigarette mit einem billigen Plastikfeuerzeug ansteckte, sah sie ein leichtes Zittern seiner Finger.

„Es hängt davon ab, was sie uns erzählen wollen", begann sie, „es könnte auch ein informelles Hintergrundgespräch sein, wie Sie wünschen. Sollte es jedoch konkret um den Fall gehen, die Anzeige wegen Betruges, dann müssen wir ..."

„Dann nennen wir es ein Hintergrundgespräch. Ich ... ich möchte Ihnen nur einen Einblick geben in die Firma und auch die Familie der von Iserens. Wissen Sie, für mich hängt viel vom Fortbestand der Firma ab, ich habe ..."

„... ein Haus, dass noch nicht abbezahlt ist, Kinder, die noch studieren und jüngere Kollegen im Nacken", ergänzte Paul, dem der Mann, den er auf Anfang fünfzig schätzte, plötzlich leidtat.

Der nickte nach einem kurzen Zögern. „Heute ist es in unserer Firma zu einer Überraschung gekommen. Ach, was sage ich, zu einem Erdbeben", sprach er leise, die Augen auf den Boden gerichtet, scheinbar ratlos. „Unser Chef, Sebastian von Iseren, hat bei der Präsentation der Firmenchronik zum neunzigjährigen Bestehen für uns alle überraschend seinen Rückzug angekündigt. Er wird zum Ende des Jahres aufhören, also in etwas mehr als drei Monaten. Und er hat seinen Nachfolger genannt, seinen Sohn Norbert."

„Sollte uns das überraschen?" Sabrina wusste mit dieser Information nichts anzufangen.

Thomas Rütter nickte heftig mit dem Kopf. „Jeder, wirklich jeder war sicher, dass es sein Sohn Reinhart werden würde, da hätte ich jeden Betrag drauf gewettet. Niemand hatte Norbert auf dem Schirm. Der Chef muss seine Entscheidung völlig allein und überraschend getroffen haben. Selbst seine Frau, Sieglinde, war geschockt und fassungslos, sagte mir jemand, der bei der Pressekonferenz dabei war. Und natürlich Reinhart von Iseren, der sich seiner Sache absolut sicher war. Ich möchte nur, dass Sie das wissen", erklärte Thomas Rütter beschwörend und steckte sich die nächste Zigarette an. „Der Flurfunk sagt, dass der Betrugsvorwurf der Grund gewesen sein könnte, er hätte zu viele Fehler gemacht, auch in der Vergangenheit."

„Aber daran glauben Sie nicht", stellte Sabrina fest, die förmlich die Erleichterung des Mannes spüren konnte. „Und es erklärt auch nicht, warum er diese Entscheidung allein und scheinbar auch kurzfristig getroffen hat."

Wieder nickte der Abteilungsleiter. „Ich weiß nicht, was dahintersteckt, aber es muss mehr sein. Auseinandersetzungen mit Kunden kommen immer wieder vor, aus verschiedenen Gründen. Dass Sie involviert sind, ist ungewöhnlich, kann aber nicht die Grundlage für eine solch weitreichende Entscheidung sein. Ich weiß nicht, wie es weitergehen wird, aber friedlich wird die nächste Zeit nicht. Reinhart wird sich damit nicht zufriedengeben, er wird kämpfen. Und es gab schon immer Lager unter den Mitarbeitern, die pro Norbert und die pro Reinhart. Bislang wurde immer alles durch den Chef zusammengehalten."

„Und was sagt der dazu?" Paul sah den Mann aufmerksam an.

„Keine Ahnung, der ist nach der Pressekonferenz verschwunden, hat alle Termine sausen lassen und ist nicht erreichbar. Ich weiß nicht, wie es weitergeht, aber ich mache mir Sorgen, große Sorgen."

„Der ist nervlich fertig, der hat Angst", stellte Paul fest, nachdem der Mann gegangen war.

„Nicht nur der", flüsterte Sabrina, „die Angst geht um im Süden."

5

Es ging nicht anders, er musste zurück. Sich den Auseinandersetzungen stellen, mit seinen Kindern, mit seiner Frau. Wie er es immer gemacht hatte, nie einem Konflikt aus dem Weg gegangen ist. Dieses Mal würde es anders, schwerer sein, tiefgreifender. Er musste Norbert, seinen Sohn, und das Unternehmen so formen, dass es in seinem Sinne, auf seinem Weg weitergehen würde. Sein Vater war kein Problem, er würde schweigen, er kannte den Grund. Wie würde Sieglinde reagieren? Es war ein Vertrauensbruch, ein schwerwiegender. Welche Erklärung konnte er ihr bieten? Würde sie sie akzeptieren? Oder sich mehr auf ihre Arbeit als Innenarchitektin konzentrieren, auf ihre eigene Agentur? Noch mehr Zeit für ihre wohltätigen Projekte verwenden, sich zurückziehen, neben ihm leben? Und dann? Nächstes Jahr, wenn er sich aus dem Konzern zurückziehen würde? Von langen Reisen hatten sie geträumt, mit dem Wohnmobil durch den Norden Kanadas, mehrere Monate. Und endlich die Verwandten in Gladstone, im australischen Queensland besuchen, auch dort durch den Kontinent ziehen, das Leben genießen, entspannen. Nach Irland segeln, sein Boot lag viel zu oft ungenutzt im Hafen auf Fehmarn. Würde Sieglinde ihn begleiten, so unbeschwert wie vor der Pressekonferenz? Sie mochte Reinhart lieber als Norbert, auch wenn sie sich Mühe gab, ihn das nicht spüren zu lassen. Er hatte ihren Liebling zurückgestoßen und musste eine Erklärung finden, ohne die Wahrheit zu sagen. Sebastian winkte der Bedienung und bestellte noch einen Cappuccino, während der Regionalexpress aus Siegen langsam in den Bahnhof von Letmathe einfuhr. Hierhin, auf die Terrasse des *Bahnsteig 42,* zog er sich zurück, wenn er allein sein wollte, auf den Platz, an dem Reisende vorbeigingen und Züge hielten, vermutete ihn niemand von der Familie oder aus der Führungsebene. Würde Norbert seiner neuen Aufgabe tatsächlich gewachsen sein? Zumal seine Frau, Regina, eigene Pläne verfolgte, sich mit von ihr gestalteten Armaturen selbstständig machen wollte, das hatte ihm Reinhart erzählt. Der Kellner stellte mit einer flapsigen Bemerkung den Kaffee vor ihm ab, Sebastian kannte ihn und seine Gewohnheiten, lächelte ihn an und bedankte sich. Er hatte meistens mit gefalteten Händen am Tisch gesessen, jetzt rieb er die Handflächen aneinander. Nur noch selten, so wie jetzt, wenn er einen leckeren Kaffee trank und angespannt war, kehrte der Wunsch nach einer Zigarette aus dem hintersten Winkel seines Hirns hervor, in den er ihn vor zwanzig Jahren verbannt hatte. Sicher, Reinhart hatte Fehler gemacht, zuletzt mit diesem Kunden, der sie angezeigt hatte. Andererseits war es seine Art, Geschäfte zu machen, auch die Auseinandersetzung nicht scheute – sollte er ihm vorwerfen, wofür er ihn bewunderte? Was er in seiner Jugend genauso gemacht hatte, damals, als ihn sein Vater für die Nachfolge vorgesehen und ausgebildet hatte. Welche Folgen würde das haben, Reinhart vielleicht letzten Endes das Unternehmen verlassen, aus Wut und Enttäuschung? Das musste er verhindern, ihm eine Beteiligung an der Führung in Aussicht stellen. Sebastian lachte kurz auf, weil er wusste, dass das nicht möglich war. Reinhart würde nur einen kleinen Teil vom Kuchen, von der Macht, niemals akzeptieren. Und Norbert, so freundlich und verbindlich er im Ton auch war, würde es ebenfalls nicht, jetzt, da er die Leitung in der Hand hatte. Sollte er mit Cäcilie darüber sprechen? War das eine gute Idee? Sicher, sie würde einen Rat für ihn haben, sie würde wie immer eine Lösung finden. Aber welche Rolle spielte sie in diesem bösen Spiel? Hatte sie gar die Fäden in der Hand, Informationen, von denen er nichts wusste, die sie nicht haben durfte? Und welche Pläne verfolgte sie?

Doktor Sebastian von Iseren lehnte sich zurück und seufzte tief. Jetzt galt es, ein Problem nach dem anderen zu lösen. Er brauchte eine Erklärung für seine Frau, und dazu gab es nur eine Möglichkeit, er musste mit seinem Vater sprechen. Der hatte bislang noch zu niemanden einen Kommentar über die Leitung des Unternehmens abgegeben, mit ihm musste er sprechen, schnell. Er verstand den Grund und trotz seiner zweiundneunzig Jahre war er ein heller Geist und Freund von schnellen Entscheidungen. Er sah auf die Uhr, gleich fünf. Um diese Zeit saß er gern auf der Terrasse des *Vier Jahreszeiten*, um mit Freunden zu sprechen und die Menschen zu beobachten. Er nahm seinen Autoschlüssel, gab dem Kellner im Vorbeigehen zehn Euro und fuhr los. Er brauchte eine Erklärung für Sieglinde, mit einem großen Strauß Blumen war es nicht getan.

Wie sollte er das schaffen? Wie eine solche Adresse ermitteln? Sicher, er hatte freie Hand für diesen Auftrag, wie immer, aber wen konnte er ansprechen, wer kannte sich damit aus? Jemand, auf den er sich unbedingt verlassen konnte. Oder der ihn gar nicht kannte. Und auch nicht kennenlernen würde. Ja, das war die Lösung, er musste bei der Suche nach dieser Adresse und der Person, die dahintersteckte, anonym bleiben. Die Lösung hatte er, fehlte noch der Weg dahin. Training. Wie immer würden ihm die besten Ideen beim Training kommen. Er nahm seine Sporttasche und ging hinunter zum Auto, das vor der Tür stand. Das mochte er so am Wohnpark Buchenwäldchen, es gab fast nie Probleme mit dem Parkplatz. Er bog nach rechts ab Richtung Schlesische Straße und verließ den Kreisverkehr zur Seilerseestraße. Dort bog er hinter der Fußgängerbrücke zweimal links ab und fuhr auf den Parkplatz des Fitnesscenters. Es war nicht voll, also konnte er sich die Geräte aussuchen. Zuerst machte er sich auf dem Laufband warm, dann zum Butterfly und zum Bauchmuskeltraining, in den Langhantelbereich würde er zum Schluss wechseln, wie immer. Je mehr er sich anstrengte, sich verausgabte, desto klarer wurden seine

Gedanken. Den Auftrag konnte er per Mail vergeben, vorher jedoch den Admin des Unternehmens fragen, wie er sich gegen eine Rückverfolgung schützen konnte. Von diesem ganzen Elektronik-Technikkram verstand er nichts, es war ihm zu kompliziert und nicht greifbar genug. Bezahlen konnte er über ein neues Paypal-Konto, das er anlegen würde, das war leicht. Das sollte der Weg sein, den er brauchte. Mit wem sollte er arbeiten? Vielleicht war es hilfreich, wenn dieser Jemand auch aus dem Bereich der südlichen Innenstadt oder der Altstadt kam. Während er sich noch einmal am Butterfly abarbeitete, überlegte er, wen er dort kannte, wer einen solchen Auftrag übernehmen konnte. Oder sollte er einen Detektiv nehmen? Die mussten schweigen und sind es gewohnt, diskret zu ermitteln. Ja, so soll es sein, ein Detektiv! Er wischte sich mit seinem Handtuch den Schweiß vom Gesicht und nahm einen Schluck von seinem isotonischen Getränk. Da gab es doch mal einen, damals, als es um die alte Fabrik an der Oberen Mühle ging, da war doch mächtig Zoff gewesen, wie hieß der Kerl noch? Der hatte so einen merkwürdigen Namen. Er sprach eine Notiz in sein Handy, um sich zuhause darum zu kümmern, bevor er zur Beinpresse wechselte. Der Plan stand fest, ein guter Plan. Er würde den Kerl, den er suchte, finden und bestrafen.

„Was war denn gestern hier los? Wir haben im Vorbeifahren gesehen, dass ihr Stress hattet." Neugierig sah Julia zu Wim, der in seinem Rollstuhl saß und eine Zigarette zwischen den Fingern hielt.

„Ach, da war gar nichts", winkte er mit der anderen ab. „Nur ein bisschen Aufregung, sind nun mal alle nervös hier. Kein Wunder, nachdem was mit dem Werner und dem Hans passiert ist."

„Und besoffen wart ihr", lächelte Karl, „aber das ist ja auch nichts Besonderes. Aber im Ernst", sprach er Lars an, „gibt es etwas Neues? Einen Hinweis auf den Täter?"

„Nein, leider nicht", bedauerte der und sah zu dem hageren Mann hinüber, „aber wir haben mit Miriam Marsberger gesprochen. Die sagte uns, dass sie hier nichts plane, kein Zentrum oder sonst etwas. Wir haben uns gewundert, das hörte sich doch bei Ihnen ganz anders an." Einen Moment schwiegen die drei und sahen sich gegenseitig an, bevor wieder Karl antwortete.

„Vielleicht haben wir auch was falsch verstanden, kann ja sein. War bestimmt schon spät und wir nicht mehr ganz nüchtern, kommt vor. Aber wenn die Miriam das sagt, wird das schon richtig sein."

„Die lügen doch."

„Sei nicht enttäuscht, Lars, ich glaube, die haben sich einfach nicht getraut, dieser Miriam zu widersprechen. Sie ist es, die nicht die Wahrheit sagt. Wenn sie tatsächlich etwas plant, braucht sie Räume, vielleicht sogar ein ganzes Haus, und zwar hier, in der Nähe. Ihre Klienten müssen es zu Fuß erreichen können, und da bleiben nicht viele Möglichkeiten."

„Du hast recht", nickte Lars, „ein guter Ansatz. Das Christophery-Gebäude kommt nicht in Frage, bis das saniert ist, vergehen noch viele Jahre. Wenn die sucht, dann muss es jetzt verfügbar sein. Julia, wir fahren noch nicht ins Präsidium zurück."

„Und wenn ich dein Grinsen richtig deute ..."

„... machen wir einen Spaziergang. Von hier aus bis zum alten Hallenbad, dem jetzigen Seniorenheim, bis zum Bahnhof und zurück bis zum Spielplatz am Lägertal, dort, wo es rechts hoch zum Danzturm geht. Ich hoffe, du hast keine High Heels an", lächelte er.

„Die hättest du längst gehört. Ist ja interessant, wie sehr du dich für deine Kollegin interessierst, sehr aufmerksam von dir", gab Julia sich entrüstet. „Übrigens, im Dienst trage ich immer bequeme Schuhe, damit ich die bösen Buben schnappen kann. Mein älterer Kollege ist dafür etwas kurzatmig."

„Ist ja gut, lass uns gehen, wohin zuerst?"

„Zum Stadtbad, dort stehen in diesem Bereich die meisten Wohnhäuser, glaube ich. Einen modernen Wohn- und Bürobau können wir außen vor lassen, dort würden die Leute sich nicht wohlfühlen."

„Und wären auch nicht willkommen", schloss Lars.

„Bin ich froh, dass ich wieder im Auto sitze." Erschöpft ließ sich Lars in den Fahrersitz sinken. „Außerdem habe ich Hunger. Warum gibt es in diesem ganzen Bereich nicht einen einzigen Bäcker? Oder eine Pommesbude? Die sind hier kulinarisch komplett unterversorgt."

„Was eine Pommesbude mit kulinarisch zu tun haben soll, erschließt sich mir nicht. Außerdem warst du zu faul, die Treppe zum Bahnhof hochzugehen, dort hättest du dich bei *Stoltefuß* mit einem halben Hähnchen oder Pommes versorgen können, das hätte dich gerettet. Aber bevor du jetzt ins Koma fällst, gehen wir noch in die alte Fabrik. Ist ja möglich, dass die Marsberger dort schon gefragt hat. Leerstand haben wir keinen gesehen, zumindest keinen, in dem ein soziales Zentrum angesiedelt werden könnte. Vielleicht bietet dieser alte Fabrikkomplex genug Platz."

„Also gut", ächzte Lars, „machen wir uns auf den Weg. Darauf hätten wir schon früher kommen können. Aber dann ist Feierabend. Der Süden kann warten."

Was wollten die nur alle von ihm? Konnten die ihn nicht in Ruhe lassen? Winston nahm die Füße vom Schreibtisch, legte die Tageszeitung darauf und stand auf. Krenk und Hamann von der Kripo, hatte jemand aus der Fabrik Mist gebaut? Als Detektiv war ihm der Umgang mit der Polizei durchaus vertraut, im Moment hatte er jedoch keinen Fall. Außerdem hatte er normalerweise Fragen an die Polizei, selten umgekehrt.

„Bitte, kommen Sie herein", öffnete er den beiden die Tür, deren obere Hälfte aus geriffeltem Glas bestand, so dass er zwar die Umrisse, aber keine Details der Beamten erkennen konnte. Die erfreuten allerdings seine Augen, eine sehr attraktive junge Frau mit einer sportlichen, sehr weiblichen Figur, Jeans und eine weiße Bluse, langen blonden Haaren und leuchtend blaue Augen mit einem warmen Lächeln. Er schätzte sie gut zehn Jahre jünger als sich, also etwa Anfang, Mitte dreißig. Ihren Begleiter taxierte er nur kurz, so groß wie er, leichter Bauchansatz, dunkle volle Haare, Stoffhose und Hemd, ein langweiliges Sakko und ein ebenso gelangweilter bis müder Gesichtsausdruck.

„Setzen Sie sich, möchten Sie etwas trinken? Gut, dann lassen Sie uns zur Sache kommen, wie kann ich Ihnen helfen?"

„Mit einer Auskunft", begann Lars, „kennen Sie eine Miriam Marsberger?"

„Nur oberflächlich, hier in dieser Gegend begegnet man sich ab und zu. Außerdem hat sie in diesem Gebäude ein Büro, das von ihrem Arbeitgeber angemietet wurde, also hält man ab und zu ein kurzes Schwätzchen, wie geht's, was macht die Arbeit und so. Sie ist nett und freundlich, persönlich weiß ich nichts von ihr, falls Sie das meinen."

„Hat sie nach Räumen gefragt, die sie anmieten möchte?", fragte ihn Julia direkt. „Sie sind doch der Besitzer und kümmern sich um die Vermietungen, nehme ich an."

„Ja, das ist richtig." Winston war von den blauen Augen der hübschen Kommissarin fasziniert. „Bis vor kurzem hat das meine Lebensgefährtin gemacht, aber wir haben uns kürzlich ... na ja, ich kümmere mich jetzt selbst darum." Hoffentlich hat sie die Botschaft, dass der Platz an meiner Seite frei ist, verstanden, dachte Winston. „Nein, bislang ist sie mit diesem Wunsch nicht auf mich zugekommen."

Julia und Lars tauschten einen kurzen Blick aus. „Wir haben eine Bitte", lächelte ihn Julia an, „würden Sie uns bitte benachrichtigen, falls sie danach fragt?" Dabei schob sie eine Visitenkarte über den Tisch, die sie aus ihrer silbernen Handtasche genommen hatte.

„Es liegt nichts gegen Sie vor und wir ermitteln auch nicht gegen sie", versicherte Lars, „aber es wäre sehr nett, wenn Sie das machen würden."

„Kein Problem, weitere Auskünfte kann ich Ihnen über meine Mieter jedoch nicht geben. Zumindest nicht, wenn nichts gegen sie vorliegt."

„Herzlichen Dank, Herr Schmidt", setzte Julia ihr wärmstes Lächeln auf, „Sie würden uns einen großen Gefallen tun, auf Wiedersehen."

Was wollen die denn von Miriam, rätselte er, als er wieder zu seinem Schreibtisch ging. Sollte er ihr sagen, was die beiden wissen wollten? Nein, besser nicht, dann würde sie ihn vielleicht nicht nach Räumen fragen. Es waren nur noch wenige, die er zu vergeben hatte, die, die noch nicht renoviert waren. Aber er wollte sie so schnell wie möglich vermieten. Er holte seinen alten Mac aus dem Tiefschlaf und prüfte seine Mails. Die meisten drehten sich um die alte Fabrik, um Räume und allgemeine Fragen. Auch dieser merkwürdige Krimiautor war wieder dabei, der unbedingt dort eine Lesung veranstalten wollte. Dann noch die eine, anonym, mit dem Betreff Auftrag, was bei Winston einen Klick-Reflex auslöste. Er nahm seine Nickelbrille ab und setzte seine Arbeitsplatzbrille auf. Hatte er richtig gelesen? Stand da fünftausend und nicht fünfhundert? Dafür, dass er eine Adresse herausfand? Na gut, eine IP-Adresse, das hatte er noch nicht gemacht, konnte doch nicht so schwer sein. Schließlich hatte er bereits viele seltsame Fälle übernommen. Merkwürdig nur, dass der Auftraggeber unbedingt anonym bleiben wollte, das Geld sollte per Paypal überwiesen werden. Winston musste googeln um herauszufinden, um was es dabei ging. Er seufzte, jetzt hätte ihm Julia helfen können, schließlich war sie IT-Spezialistin. Nur leider weg, sie hatten sich getrennt, vor einigen Wochen. Er brauchte einen Fachmann, der nicht erfahren sollte, um was es ging. Ohnehin musste er einen fachkundigen Ersatz für Julia finden, einen Informatiker. Er gab *Informatiker Iserlohn* in die Suchmaschine ein und hoffte, schnell fündig zu werden. Allerdings war er nicht allein bei seiner Suche, neben Informationen über den Berufsweg bekam er seitenweise Stellenangebote angezeigt. *Das hätte ich lernen sollen*, murmelte er vor sich hin. Keine Empfehlungen für einen Spezialisten, wer konnte ihm helfen? Natürlich, das war die Lösung! Ivan Drago, sein Kumpel und Auftraggeber, wenn der sich wieder von irgendwem verfolgt fühlte. Der selbstständige Architekt kannte doch Gott und die Welt, den würde er anrufen, der konnte ihm bestimmt einen Namen nennen. Blieb nur zu hoffen, dass dieser Jemand nicht so durchgeknallt war wie Ivan.

Sabrina runzelte die Stirn und nahm die braune Versandtasche in die Hand. „Wo kommt die her? Von der Poststelle?"

„Das nehme ich an, die haben vorhin die Briefe verteilt. Warum, was ist mit dem?" Paul stand auf und ging zu ihrem Schreibtisch.

„Bevor wir den öffnen, sollte ihn sich die KTU ansehen. Er ist anonym, nur mein Name drauf, nicht handschriftlich und außerdem ziemlich dick."

„Du meinst, da könnte eine Bombe drin sein? Gib mal bitte." Paul nahm den Umschlag, nachdem er sich Latexhandschuhe angezogen hatte. „Auf Fingerabdrücke können die ihn später untersuchen, mich interessiert der Inhalt." Vorsichtig tastete er ihn ab, bog den A-4-großen Umschlag und wog ihn in der Hand. „Kabel oder andere Gegenstände sind nicht drin. Das Einzige, was ich fühle, ist ein Heftstreifen, mit dem man gelochte Papiere zusammenhält. Ich mache ihn jetzt auf." Er nahm einen Brieföffner von Sabrinas Schreibtisch und schnitt den Umschlag auf. Er sah hinein und holte dann einen Stapel Papiere heraus, die von einem grünen Heftstreifen zusammengehalten wurden. „Kein Begleitschreiben, aber das wäre bei einem anonymen Brief auch ungewöhnlich." Er blätterte die Seiten mit dem Daumen durch. „Das sind mindestens fünfzig Stück, da haben wir gleich was zu tun. Ich bringe den Umschlag weg, damit er zur KTU kommt, dann sehen wir uns die Sache an, bis gleich."

Sabrina nahm die Akte, lehnte sich zurück und begann zu lesen. „Das sind alles Unterlagen aus dem Unternehmen von Iseren", klärte sie Paul auf, als der zurückkam. „Rechnungen, Verträge, Vereinbarungen, die meisten beziehen sich, so wie ich gesehen habe, auf den Kunden, der sie angezeigt hat. Hier, ich gebe dir welche." Damit löste sie den Heftstreifen und gab Paul die Hälfte der Blätter. „Jetzt noch einen Kaffee, dann kann es losgehen."

„Ich muss mich erst einmal strecken und bewegen." Leise stöhnend stand Sabrina auf, drückte die Handflächen auf den Po und bog ihren Rücken durch. „So richtig steige ich durch dieses Material noch nicht durch. Es sind Rechnungen, Lieferscheine, Verträge und es sieht aus, als könnten wir damit den Betrug durch die VS Company beweisen. Ob wir damit tatsächlich abgesichert sind, kann ich nicht einschätzen, dazu fehlt mir die Fachkenntnis."

„Nicht nur dir." Paul ließ die Unterlagen sinken und rieb sich die Augen. „Wir geben alles als Kopie an die Staatsanwaltschaft weiter, sollen die beurteilen, ob wir die Juristen der Firma damit widerlegen können. Angeblich war ja alles mit dem Kunden so vereinbart worden und besondere Umstände auf dem Markt hätten sie zu der Verwendung eines anderen Materials gezwungen und so weiter. Was glaubst du, wer steckt dahinter?"

„Das frage ich mich, seitdem wir die Papiere haben", nickte Sabrina, „wer hat Interesse daran, der Firma oder nur dieser Abteilung so richtig zu schaden? Unser Abteilungsleiter?"

„An den habe ich auch gedacht", nippte Paul an seinem Kaffee, „aber schadet der sich nicht selbst am meisten? Und das bei der Angst, die er um seinen Job hat. Hat er einen Konkurrenten, der ihn aus dem Weg räumen will, auf seinen Posten scharf ist?"

„Ein heißer Kandidat als Lieferant ist einer der Sprösslinge derer von Iseren, der Nachfolger namens Norbert."

„Verstehe ich nicht", bemerkte Paul verständnislos, „der hat doch, was er will, sein Vater hat ihn öffentlich als Nachfolger in der Geschäftsleitung bekanntgegeben."

„Vielleicht, um seinen Bruder Reinhart nachhaltig zu beschädigen, eine Bestätigung zu liefern, dass er der richtige Nachfolger seines Vaters ist."

„Dann hätte der Alte, Sebastian, ebenfalls ein starkes, ein sehr starkes Motiv. Dadurch, dass er Reinhart bloßstellt, ihm die Schuld zuweist, kann er seine Entscheidung verteidigen, vor allem vor seiner Frau. Du weißt doch, wie entsetzt sie war, als ihr Mann seine Entscheidung auf der Pressekonferenz bekanntgab, wie uns der Abteilungsleiter Thomas Rütter geschildert hat."

„Kann es sein, dass wir gerade missbraucht werden?" Sabrina warf ihren Kugelschreiber entnervt auf den Schreibtisch. „Diese von Iserens sind doch ein total intriganter Haufen, und wir sollen ihnen bei ihren bösen Spielchen helfen."

„Und das werden wir auch, weil wir keine Wahl haben. Wir sind die Ermittler und der Spielball, aber wir werden ihnen die Suppe versalzen", gab sich Paul kämpferisch. „Deren Intrigen sind unser Vorteil, wir brauchen nur etwas Zeit, dann werden sie sich zu erkennen geben."

„Warum sollten sie das tun?"

„Ganz einfach, weil einer der Sieger sein will."

„Hallo, Herr Schmidt, darf ich reinkommen?"

Winston blickte zu seiner Bürotür und sah eine sehr freundlich lächelnde Miriam Marsberger. „Bitte sehr, hereinspaziert, setzen Sie sich. Ach, und das mit dem Herr Schmidt können wir gerne lassen, einfach Winston."

„Prima, dann bin ich die Miriam. Haben Sie, äh, hast du einen Moment Zeit? Es geht um zusätzliche Räume."

Also doch, dachte Winston. „Dafür habe ich immer Zeit", grinste der. „Möchtest du einen Kaffee oder Tee? Kekse habe ich keine da, ich versuche, auf den ganzen Süßkram zu verzichten."

„Ein guter Vorsatz, sollte ich auch mal wieder machen. Einen Kaffee nehme ich gern."

Winston ging hinüber zu seiner alten Anrichte, auf der seine betagte Senseo samt Tassen und Zucker stand. Er füllte das Kaffeemehl in den Plastik-Pad, verschloss ihn und legte ihn ein. Nachdem er die Maschine gestartet hatte, öffnete er die Kühlschranktür und nahm die angebrochene Packung Milch heraus. Vorsichtig roch er an ihr, alles in Ordnung, sie war noch gut. Er stellte sie und den Zucker auf den Schreibtisch, holte noch einen kleinen Löffel und legte ihn daneben. „Nur einen kleinen Moment, der Kaffee ist gleich durch. Was brauchst du denn, ein größeres Büro?"

„Nein", schüttelte Miriam den Kopf, „ich brauche mindestens zwei Räume, einen Aufenthalts- oder Besprechungsraum für eine etwas größere Gruppe und einen weiteren, in den ich mich zu Gesprächen mit meinen Klienten zurückziehen kann. Hast du so etwas im Programm?"

Winston mochte ihr Lächeln, es hatte etwas Keckes und Schelmisches. Ihre grünen Augen blitzten hinter der runden dünnen Brille, die für eine Nickelbrille ein bisschen zu groß war. „Im Moment noch nicht, es werden zurzeit noch mehrere Räume renoviert", beugte er sich vor und stützte sich mit den Unterarmen auf dem Schreibtisch ab. „Wie eilig ist es denn?"

„Nicht sehr", versicherte sie, „es hat durchaus noch drei oder vier Monate Zeit. Was meinst du, sind die Räume bis dahin fertig? Und kann ich sie mir einmal ansehen?"

„Komm mit", stand er auf und nahm den Schlüsselbund von dem Brett neben der Tür, „den Kaffee kannst du ja mitnehmen."

„Ein großes Schlüsselbund?", lachte sie, „Ich hatte Chipkarten erwartet, so wie an meinem Büro."

„In manchen Dingen bin ich gerne altmodisch. Die Schlüssel funktionieren immer, auch ohne Strom. Wenn die Arbeiten abgeschlossen sind, werden die Türen wie die anderen auch elektronisch gesichert, das erwarten die Mieter heutzutage so. Ich würde lieber bei Schlüsseln bleiben. Wir müssen eine Etage tiefer."

Miriam folgte Winston die Treppe hinunter. Sie hatte nicht damit gerechnet, dass er sich so flott und geschmeidig bewegte. Meistens sah sie ihn nur sitzend, es sei denn, er stand vor dem Gebäude und rauchte eine seiner selbstgedrehten Zigaretten. Sie blieb dicht hinter ihm, als er vor einer alten Holztür stoppte und sie aufschloss.

„Das wäre der größere Raum." Er ging hinein und zeigte mit einer schwungvollen Geste ins Innere. „Das wird ein Prachtstück, schau dir die schönen Fenster an."

Miriam nickte. Ja, das konnte sie sich gut vorstellen, die großen alten Rundbogenfenster waren fast so hoch wie die Wand, es kam genug Licht hinein, der Raum hatte Atmosphäre.

„Beim Boden denke ich an Parkett oder ein dunkles hochwertiges Laminat, die Wände werden demnächst verputzt, die

Elektrik ist bereits komplett erneuert. Wäre der Raum von der Größe richtig?"

Miriam nickte, ohne sich ihre Begeisterung anmerken zu lassen. „Ja, ich denke, der wäre ideal. Wie lange wirst du dafür noch brauchen?"

„Drei bis vier Wochen, sagen die Handwerker. Aber wenn du es nicht eilig hast, würde es ja passen. Das Büro, der zweite Raum, braucht noch etwas länger, aber du kannst es dir vorstellen wie dein Jetziges, von der Größe und vom Licht her. Wenn du willst, kann ich in den nächsten Tagen die Mietverträge machen, eure Verwaltung wird dafür auch noch einige Zeit brauchen, nehme ich an." Er begleitete sie hinaus und sie gingen zurück in sein Büro.

„Jetzt ist der Moment gekommen, in dem ich dich um etwas bitten muss." Sie nippte an ihrem Kaffee und verzog leicht die Mundwinkel.

„Ich mach dir einen neuen, der ist bestimmt kalt. Was gibt es denn so Geheimnisvolles?"

„Geheimnisvoll nicht, ich möchte dich nur bitten, die Anmietung nicht öffentlich zu machen. Ich möchte die Räume anmieten, also nicht über meinen Arbeitgeber, die Diakonie."

„Das klingt ja sehr interessant, möchtest du dich selbstständig machen?" Winston stellte ihr einen frischen Kaffee auf den Tisch und setzte sich wieder.

„In welcher Trägerschaft das Ganze später sein wird, ist noch nicht entschieden", wich sie seiner Frage aus. „Jedenfalls wird es nicht die Diakonie sein und ich möchte nicht, dass sie davon erfahren, zumindest jetzt noch nicht. Kann ich mich darauf verlassen?"

„Selbstverständlich, ich werde es für mich behalten. Ich reserviere die Räume für dich, das bekommst du auch noch schriftlich. Und auch, wie hoch die Miete für die Räume sein wird."

„Sehr schön, danke." Ohne vom Kaffee zu trinken, hielt sie Winston ihre Hand hin. Der nahm sie, zur Verabschiedung und als Bekräftigung für den Handel.

Als Miriam das Büro verließ, sah sie auf ihr Handy und nickte zufrieden. Die ersten zwanzigtausend Euro waren auf ihrem Konto.

„Du hast mich noch nie so verletzt wie heute."

Sebastian von Iseren hatte sich einen Cognac genommen und trat an das Panoramafenster. Seine Frau stand mitten im Raum, die Arme verschränkt, wartend.

„Mir ist klar, dass ihr, dass du auf eine Erklärung wartest. Leider kann ich dir keine vollständige geben. Meine Entscheidung, meine kurzfristige Entscheidung hatte mehrere Gründe. Zum einen hat Reinhart zu viele Fehler gemacht, zuletzt der Betrugsvorwurf, sogar die Kriminalpolizei ermittelt gegen ihn."

„Nicht gegen ihn, gegen unsere Firma. Und wie oft standest du schon unter Betrugsverdacht? Solche Sachen hast du lächelnd unseren Juristen übergeben."

„Aber dieses Mal ist es anders, schwerwiegender. Ich habe so entschieden, um Reinhart aus der Schusslinie zu nehmen, das musst du mir glauben, Sieglinde."

„Kein Grund, lauter zu werden." Sie schwieg einen Moment. „Warum hast du mich wie eine kleine Angestellte aussehen lassen? Die beiläufig von ihrem Chef erfährt, dass er sie entlässt. Warum hast du mich, deine Frau, so gedemütigt?"

„Sieglinde, ich konnte nicht anders." Er drehte sich zu ihr um, stellte das Glas ab und hob beschwörend die Hände. „Wenn es einen anderen Weg gegeben hätte, ich hätte ihn genutzt. Ich konnte es dir nicht vorher sagen, dir nicht und auch

Reinhart nicht. Bitte, Sieglinde, glaube mir, es ging nicht früher."

„Norbert wirkte bei der Pressekonferenz nicht überrascht, er hatte es also gewusst." Sie sah ihn an, forderte eine Erklärung.

„Wir haben vor der Konferenz darüber gesprochen, Reinhart sollte dazukommen, aber er hatte keine Zeit."

„Wir? Wer ist wir?"

„Theodor und ich, wir waren es. Wir haben mit Norbert gesprochen."

„Welche Rolle spielt Theodor dabei?", zischte sie. „Hat er sich wieder in die Geschäfte der Firma eingemischt, dieser alte ...“

„Sieglinde, bitte, es war seine Entscheidung, er bestand darauf. Er hat damit gedroht, seine Anteile zu verkaufen, an einen Fremden, einen Investor, der zum ersten Mal in der Firmengeschichte ein Mitspracherecht gehabt hätte."

Sieglinde senkte den Kopf und schwieg.

„Hast du etwas von Reinhart gehört? Ich erreiche ihn nicht", fragte Sebastian leise.

„Theodor, dein Vater, ist doch nur ein biologisches Problem, er ist zweiundneunzig", flüsterte sie. „Ich hätte nie gedacht, dass du so schwach bist, dich in dieser entscheidenden Frage nicht durchsetzen kannst." Sie legte ihre Hand auf den Griff der Wohnzimmertür. „Ich werde überlegen, wie ich reagiere. Bis bald, Sebastian."

Er sah ihr nach, wie sie aus dem Zimmer ging, wollte sie festhalten, ihr alles erklären, noch einmal. Er verbarg sein Gesicht in seinen Händen, wollte ihr hinterhergehen. Aber das war unmöglich, den wahren Grund für seine Entscheidung konnte er ihr nicht nennen.

Er hatte ihn sorgfältig ausgesucht. Nicht nach Gefühl, das war nicht seine Art zu arbeiten. Gefühle waren ihm fremd, fremd und irritierend. Sie waren nicht einzuordnen. Er hätte irgendeinen nehmen können, sie waren alle gleich unbedeutend. Er hatte ihn beobachtet, viele Tage. Er machte immer das Gleiche, jeden Tag, zur gleichen Uhrzeit. Auch haltlose Trinker brauchten Halt, einen festen Ablauf. Die Uhrzeit, zu der sie ihre Unterkunft verließen. Wann sie ihr erstes Bier tranken. Sich mit ihren Kumpeln trafen. Sich etwas zu Essen besorgten. Es war jeden Tag gleich, sie waren so einfach zu berechnen. Nicht anders als ein Beamter aus der Verwaltung, sie waren alle gleich. Dieser wäre ein leichtes Opfer, so wie die anderen. Körperlich in einem sehr schlechten Zustand, seine Reflexe miserabel, die Nerven vom Alkohol zerstört. Kein großer Aufwand, nur vorsichtig musste er sein. Er folgte ihm in kurzem Abstand, nicht hörbar. Der Mann war früh unterwegs, wie jeden Morgen. Um dann allein hinter dem Toilettenhaus zu stehen, lange. Sein rechtes Bein zog er leicht hinterher, und trotz des kühlen Morgens trug er keine Jacke, nur ein kariertes Hemd und eine wattierte Weste. Die Jeans war alt, ausgeblichen und zu groß, die Schuhe aus stumpfem schwarzem Leder, die Absätze durch das Hinken unterschiedlich abgenutzt. Er sah sich um, niemand zu sehen, nur die Vögel gaben ihr Konzert kurz vor dem Sonnenaufgang. Aus seiner geöffneten Sporttasche zog er sein Arbeitsgerät, ließ die Tasche auf den Boden gleiten, geräuschlos. Er legte Wert auf Präzision, immer. Der erste Schlag ließ den Schädelknochen unter dem wirren grauen Haar splittern. Der Mann war tot, bevor er auf dem Boden aufschlug.

„Ob das etwas zu bedeuten hat, dass er im Schatten der Bauernkirche liegt?"

„Glaube ich nicht, Julia. Aber es hat zu bedeuten, dass wir Ärger bekommen. Hanno, unser Chef, ist sowieso schon ungeduldig, weil wir keine Ergebnisse liefern können." Mühsam erhob er sich, sein Knie machte ihm Probleme. „Klar, dem sitzt die Staatsanwaltschaft im Nacken, ich kann ihn ja verstehen. Und jetzt ..."

„... nach dem dritten Toten, ohne eine konkrete Spur und dem ersten Serienmörder in der Iserlohner Geschichte. Verdammt, die ganze Sache ist ziemlich spaßbefreit. Armer Kerl, dieser Karl. Gestern haben wir noch mit ihm gesprochen, wenn auch nur kurz. Er schien mir einer derjenigen zu sein, die nur wenig Alkohol getrunken haben."

„Cordes, Karl Cordes." Lars drehte den Personalausweis des Toten in der Hand. „Achtundsechzig Jahre alt, fester Wohnsitz, keine Diakonie-Adresse. Dort fahren wir als Erstes hin, nachdem wir mit den anderen gesprochen haben, die dort drüben stehen." Dabei zeigte er mit dem Kinn in Richtung des Toilettenhauses. „Könnte allerdings sein, dass wir von denen nicht viel erfahren, wie gewohnt."

„Weil sie kein Vertrauen mehr zu uns haben, wenn sie es denn je hatten."

„Kann ich verstehen, einer nach dem anderen wird ermordet und wir können keine Ergebnisse liefern."

„Erschlagen, wie die anderen auch. Diese Schläge auf den Kopf sind wie die Handschrift des Täters. Und wieder keine Zeugen und ich glaube nicht, dass wir verwertbare Spuren finden."

„Durch die Wucht, mit der die Schläge ausgeführt wurden, können wir wie bei den anderen von einem sehr kräftigen Täter ausgehen. Deshalb sollten wir ..."

„... das Alibi unseres Bodybuilders Jens Wagner überprüfen. Mal schauen, ob er heute Morgen wieder beim Training war oder an seinem Ziel gearbeitet hat, das Pack hier zu vertreiben."

„Herr Müller, danke, dass Sie uns empfangen. Wir sind hier wegen ihres Nachbarn, Karl Cordes."

Verunsichert schaute sie der alte hagere Mann an. „Was ist mit Karl? Und woher sind Sie, was haben Sie gesagt?"

„Wir sind von der Iserlohner Kriminalpolizei, Herr Müller, ich bin Lars Krenk und das ist meine Kollegin Julia Hamann. Hier, das sind unsere Ausweise." Sie hielten dem alten Mann ihre Plastikkarten hin, auch wenn sie nicht glaubten, dass er sie lesen konnte. Er kniff die Augen zusammen und sah sich die Ausweise an, ohne etwas zu sagen.

„Herr Müller, wann haben Sie ihren Nachbarn zum letzten Mal gesehen?"

„Das war gestern Abend", erwiderte der Mann erstaunlich klar, „er kam noch auf ein Schwätzchen rüber. Das haben wir öfter gemacht, ich ging zu ihm oder er kam zu mir. Was ist denn mit ihm, ist er im Krankenhaus?"

„Wir müssen Ihnen leider sagen, dass Herr Cordes tot ist", versuchte Julia ihm die Nachricht so schonend wie möglich beizubringen. „Er wurde erschlagen, heute Morgen. Es tut mir sehr leid."

Der alte Mann lehnte sich in seinem Sessel zurück und schaute ins Leere. „Das ist sehr schade. Jetzt habe ich keinen mehr zum Reden."

„Das ist sicher schwer, Herr Müller", brachte sich Lars ein, „über was haben Sie gestern Abend mit ihm gesprochen? Gab es etwas Bestimmtes oder nur das Wetter und das Leben allgemein?"

„Angst", sprach der hagere Mann leise, „er hatte Angst. So zu enden wie die beiden anderen, einfach wie ein räudiger Hund erschlagen zu werden."

„Hatte er einen bestimmten Grund, Angst zu haben? Ich meine, hat er mal etwas dazu gesagt oder war es die Angst, die alle seiner Kumpel hatten?"

„Ich weiß nicht genau, es ist alles so ... schrecklich. Jetzt bin ich ganz allein, das war immer meine Angst und jetzt, wo Karl nicht mehr lebt ... Wer macht denn so was, das waren doch alles friedliche Leute, die nur rumstanden und gequatscht haben."

„Herr Müller, hatte ihr Freund vor jemandem Angst, jetzt oder in der Vergangenheit?", versuchte Julia das Gespräch in ihre Richtung zu bringen. „Bitte, denken Sie darüber nach. Wir müssen den Mörder finden, bevor noch mehr Menschen sterben. Bisher konnten wir mit keinen Angehörigen oder Freunden sprechen, weil es keine gab. Er hatte sie, einen Freund, mit dem er sprach, nicht nur mit den anderen auf der Straße, es ist wirklich sehr wichtig."

Lars sah einen erschöpften und müden Mann, der nachdachte. Der nach kurzer Zeit zu sprechen begann, leise und nicht sehr deutlich, so dass sie Mühe hatten, ihn zu verstehen.

„Er sagte, das hätte mit seiner Arbeit zu tun, damals, vor vielen Jahren. Bevor er nicht mehr arbeiten konnte, wegen seiner Nerven. Er hat es nicht mehr ausgehalten auf seiner Arbeit, bei den von Iserens, die hätten ihn rausgeekelt, hat er gesagt, oft. Damals hat er noch nicht getrunken, das kam später, mein Gott, wie schrecklich."

„Wissen Sie einen Grund, warum er rausgeekelt wurde, wie Sie sagen? Und er hat doch nur wenig getrunken, so wie wir wissen. Wir haben ihn nie betrunken gesehen, dort, auf der Straße."

Hans Müller schüttelte den Kopf. „Er hat eine ganze Zeit viel getrunken, damals, aber er war nie ein Trinker. Er musste nur abschalten, die Nerven, wissen Sie, er war kein Trinker."

„Wissen Sie, was er bei den von Iseren gearbeitet hat? Hatte er einen Posten mit viel Verantwortung?"

„Er hat im Lager gearbeitet, hat er gesagt, viele Jahre, bis er gekündigt hat. Und dann, wegen seiner Nerven, dann hat er nichts mehr gefunden, an Arbeit, meine ich, aber das ist schon viele Jahre her. Mein Gott, der arme Karl. Aber wer weiß, vielleicht ist es besser so für ihn, muss nicht mehr leiden, sich keine Gedanken mehr machen. Nur ich, was mache ich denn jetzt, oh je!"

„Herr Müller, was halten Sie davon, wenn eine Frau, die Miriam Marsberger, mal nach Ihnen sieht? Sie ist Sozialpädagogin und für diesen Bereich zuständig, vielleicht kann die Ihnen mit einigen Hinweisen helfen. Einen Versuch wäre es doch wert, meinen Sie nicht?"

Ein zaghaftes Lächeln schlich sich auf das faltige Gesicht. „Ja, die Miriam, Karl hat manchmal von ihr gesprochen, ja, das ist eine gute Idee, liebe Frau Kommissarin, danke, eine gute Idee."

Sie standen von den Stühlen auf, nickten sich zu und verließen die Wohnung im ersten Stock des alten Hauses.

„Er tut mir wirklich leid, der alte Mann, er hat den einzigen Freund verloren, den er hatte."

„Ja, das ist schlimm, Julia, aber das mit der Marsberger war eine gute Idee."

„Mit der sollten wir noch einmal sprechen. Bisher war sie nicht sehr kooperativ, aber vielleicht kann sie uns etwas über Karl Cordes sagen, über sein Leben, über den Grund, warum er seine Arbeitsstelle gekündigt hat."

„Sprechen ist gut, vor allem mit meiner ehemaligen Kollegin Sabrina", nickte Lars. „Vielleicht können wir doch noch zusammenarbeiten, schließlich ermitteln sie gegen die von Iseren. Ich möchte wissen, was das für eine Sippe ist."

„Ich kann Ihnen nur sagen, dass sie nach zusätzlichen Räumen gefragt hat. Wofür und in wessen Auftrag weiß ich nicht. Gerne, wenn ich helfen kann." Winston legte den Hörer seines Festnetztelefons auf, mehr mussten die beiden nicht wissen und er hatte sein Versprechen gehalten. Dann stand er auf und verließ sein Büro. Hinter dem Gebäude hatte er seinen alten

Buckel-Volvo geparkt. Er nahm ihn nicht für seine alltäglichen Fahrten, dafür hatte er seinen Skoda Fabia. In letzter Zeit schaffte er es kaum noch, mit seinem Oldtimer eine Ausfahrt zu machen, die alte Fabrik nahm ihn viel zu sehr in Anspruch. Obwohl er oft auf die Uhr sah, nahm er sich vor, die Fahrt und das kommende Gespräch zu genießen. Sie hatten sich im *Bahnsteig 42* verabredet, für Winston ein neuer Treffpunkt. Mit Mühe fand er einen Parkplatz vor dem Bahnhof Letmathe, tippte sein Kennzeichen in den Parkautomaten und betrat das Gebäude. Zwei junge Leute, Mädchen und Junge, beide offensichtlich mit Down-Syndrom, begrüßten ihn freundlich und wiesen ihn zum Außenbereich. Der Mann, mit dem er sich verabredet hatte, saß an einem Tisch direkt hinter der Glasabtrennung zu den Gleisen, einen Milchkaffee neben sich, einen Laptop vor sich.

„Schönen guten Tag, Herr Brieger, Schmidt mein Name, freut mich, dass Sie Zeit gefunden haben."

„Daniel, sag einfach Daniel." Er stand auf und hielt Winston lächelnd die Hand hin.

Der musterte den jungen Mann, etwa einen Kopf größer als er, mit einem Vollbart, Zopf und einem scheuen, aber freundlichen Lächeln unter der blauen Designerbrille. Der sollte die Lösung seines Problems sein? „Okay, Winston. Freut mich, dich kennenzulernen. Ivan hat dich mir empfohlen, er sagte, du könntest mir bei einem Problem helfen." Sie hatten sich hingesetzt und Winston bekam auch einen Kaffee. „Ich weiß nicht, ob das stimmt und auch nicht, wie schwer es ist. Aber ich brauche eine Lösung. Es geht um eine verdeckte Mail-Adresse, ich muss wissen, wer dahintersteckt, geht das?"

Ein leichtes und spöttisches Lächeln schlich sich hinter den Bart. „Du hast doch nicht etwas Verbotenes vor? VPN, und darum geht es, sind dazu da, Adressen zu verdecken, Identitäten zu schützen, vor unbefugten Zugriffen, etwa von unserem lieben Staat, der gerne alles mitlesen möchte. Hast du etwas zu verbergen?"

„Ganz im Gegenteil, ich möchte etwas offenlegen." Winston spürte, wie er unsicher wurde. Warum hatte er sich nicht genau überlegt, was er ihn wirklich fragen wollte? Weil ihm die ganze Materie völlig unbekannt, er von ihr überfordert war? „Es ist nichts Illegales, ganz im Gegenteil. Ich bin Detektiv, und ein Mandant von mir wird, sagen wir mal, bedroht." Er beobachtete den Mann, den er auf höchstens dreißig Jahre schätzte, doch der ließ sich nichts anmerken. „Ich muss wissen, wer hinter dieser Mail-Adresse steckt, ist das machbar? Selbstverständlich gegen Honorar, sagen wir zweihundert Euro?"

„Weil du ein Freund von Ivan bist, fünfhundert, im Voraus."

Winston atmete schwer, so viel wollte er von seinem Geld eigentlich nicht ausgeben. „Also gut, wenn du es tatsächlich schaffen kannst, dann fünfhundert."

Sein Gegenüber grinste ihn an. „Wenn es mehr nicht ist."

6

„Wie geht es dir? Du siehst müde aus, wenn ich das so sagen darf."

„Du darfst das." Sabrina lächelte und stützte ihren Kopf mit dem Unterarm ab, ihre langen Haare fielen glatt zu den Seiten ab.

Lars sah sie an, spürte ihre Melancholie. „In der letzten Zeit waren wir viel zu sehr mit unserem Fall beschäftigt, ich wollte schon lange mal wieder mit dir sprechen, tut mir leid."

„Ist schon gut, es ist eben so, und die Zeit vergeht so schnell. Ja, das macht mir zu schaffen, ich gehe auch schon auf die Fünfzig zu. Wir werden alt, Lars."

„Na na, liebe Sabrina, du wirst erst fünfundvierzig, da sind noch ein paar Jahre Zeit. Ich denke, dich quält immer noch die Frage, wie du weiterleben willst, ob du bei der Polizei bleibst."

Sie zögerte mit ihrer Antwort, dann nahm sie seine Hand. Lars drückte vorsichtig ihre Finger, streichelte sie mit seinem Daumen und fragte sich, wem sie die Hand gab, einem Freund, mit dem sie reden wollte oder einem Mann, für den sie etwas empfand.

„Ich weiß es immer noch nicht, Lars, und das macht mich müde. Ja, ich möchte als Künstlerin leben, Ausstellungen organisieren, meine Bilder und Skulpturen verkaufen, nichts mehr mit Verbrechen zu tun haben. Aber ich bin zu feige, diesen Schritt zu machen, die Sicherheit aufzugeben, die ich als Beamtin habe. Verdammte Scheiße", fluchte sie und richtete sich auf, „im Grunde ist es diese Feigheit, die mich zerreißt, die mich fertigmacht. Wenn ich mich endlich entscheiden würde, ginge es mir besser, da bin ich sicher." Sie hielt seine Hand jetzt mit ihren, streichelte seine Finger und sah schweigend auf die braune Tischplatte des Cafés.

„Und wenn du eine Auszeit nimmst, vorübergehend? Vielleicht sogar ein ganzes Jahr, ein Sabbatical, wie es auf Neudeutsch heißt? Falls es eine Frage der Finanzierung wäre, da könnte ich dir sicher helfen, ich denke, es täte dir gut, würde dir helfen."

„Das ist lieb von dir, danke." Zum ersten Mal an diesem Abend lächelte sie. „Es ist einfach so ermüdend, zum Beispiel unser jetziger Fall. Wir müssen wegen eines vermuteten Betruges ermitteln, die Firma der von Iserens setzt ihre Juristen ein, ein Mitarbeiter gibt uns belastendes Material, weil er Angst hat, es ist einfach alles so widerwärtig, so ..."

„... ermüdend, wie du gesagt hast. Ja, das kenne ich auch, an manchen Tagen. Meistens macht es mir nicht so viel aus, wie du weißt, wenn ich aus dem Büro gehe, bleiben die Fälle dort.

Das funktioniert leider nicht immer, die drei getöteten Männer ..."

„Drei? Ist schon wieder einer dazugekommen?"

„Ja, heute Morgen, und es hat mich genauso erschüttert wie dich jetzt. Er wurde erschlagen, wie die anderen. Interessant an ihm ist, dass wir heute mit einem Nachbarn und Freund von ihm gesprochen haben. Der Mann hatte im Gegensatz zu den anderen noch einen Rest soziales Umfeld. Er soll übrigens früher, vor seiner Alkohol-Karriere, bei den von Iserens gearbeitet haben, im Lager. Sein Nachbar sagt, der sei von denen rausgeekelt worden, warum, wissen wir noch nicht."

„Und die beiden anderen, was haben die früher gemacht? Ihr werdet doch sicher schon deren Lebensläufe überprüft haben."

Lars räusperte sich. „Nicht so ganz, das muss ich gestehen, da haben wir etwas versäumt. Das erste Opfer war vor vielen Jahren Ingenieur, was er genau gemacht hat, nein, das wissen wir nicht, ich werde es morgen nachholen. Der zweite hat bei der Stadtverwaltung gearbeitet, bei der Straßenverkehrsbehörde, als Angestellter, und ist dort wegen seines Suffs rausgeflogen."

„Gib mir morgen den Namen des Mannes, der bei den von Iserens gearbeitet hat, vielleicht weiß unser Informant etwas über ihn, einen Versuch wäre es wert."

„Und schwupps, sind wir wieder bei unseren aktuellen Fällen gelandet, genau das, was wir nicht wollten."

„Ja, es holt uns immer wieder ein, wie ein schlimmer Traum. Lars, lass uns an etwas Anderes denken und gehen. Kommst du noch mit zu mir? Ich schiebe uns zwei Pizzen in den Ofen und dazu trinken wir einen Wein, ich habe noch einen guten Roten, den ich schon lange probieren wollte, aber noch nicht den passenden Anlass gefunden habe."

„Brauchen wir den? Lass uns verschwinden." Er nahm ihre Hand, stand auf und bezahlte. Als sie die Terrasse verließen, legte er seinen Arm um ihre Taille. Es war nicht weit bis zu ihrer Wohnung.

„Reinhart, ich hatte keine andere Wahl. Norbert weiß etwas, das er nie erfahren sollte, dass auch du nicht wissen sollst, und dabei wird es bleiben. Ich suche nach einem Weg, wie ich die Entscheidung ändern kann, einen Weg, der für die ganze Familie möglich ist und keinen Zorn hinterlässt. Ich weiß, dass du besser geeignet bist, in allen Belangen, bitte glaube mir das."

Sebastian von Iseren fasste seinen Sohn mit beiden Händen an den Oberarmen und drückte fest zu. Er sah ihm in die Augen, in die Wut, die auf seinem Gesicht lag. „Ich bitte dich, vertraue mir, ich brauche etwas Zeit, mehr nicht. Du wirst die Leitung übernehmen, ganz sicher."

„Warum hast du mich nicht gewarnt? Warum hast du mich auf der Pressekonferenz wie einen Trottel aussehen lassen? Mich und auch Mutter, was hat dich so sehr unter Druck gesetzt?" Er schüttelte die Arme seines Vaters ab und ging im Raum auf und ab. „Spielt mein Opa in der Sache eine Rolle, versucht er wieder, sich einzumischen? Er kann es nicht lassen, dieser verdammte alte Trottel."

„Reinhart, bitte, es gibt Gründe, sehr bedeutende, bitte hab Geduld."

„Geduld?" Er schrie seinen Vater an, ging auf ihn zu. „Ich habe viele Jahre Geduld gehabt, viel zu lange. Ich bin im Unternehmen geblieben, als ich ein verdammt lukratives Angebot bekommen habe, das weißt du. Ich war immer loyal, immer. Aber jetzt werde ich prüfen, ob das Angebot als Geschäftsführer noch Bestand hat, eines ist sicher, Vater: Ich werde nicht der Angestellte von Norbert sein."

Sebastian von Iseren sah seinem Sohn hinterher, als der das Wohnzimmer verließ, hörte die durchdrehenden Reifen auf dem Kies. Genau wie er, er hätte genauso reagiert und er war sicher, dass Reinhart das Unternehmen verlassen würde. Eine Katastrophe. Er nahm sein Handy und rief Cäcilie an. Vielleicht wusste sie einen Rat.

„Ja, danke, Herr Stephan, Sie haben uns damit geholfen, sicher, auf Wiederhören." Lars legte den Hörer auf und sah Julia an. „Es ist zwar lange her, aber der Mitarbeiter konnte sich noch erinnern, dass Hans Wiemer im Anlagenbau gearbeitet hat. Zu den Kunden des Unternehmens gehörte auch die *VS Company* der von Iserens."

„Interessant, da haben wir eine Verbindung auch des zweiten Opfers zu diesem Unternehmen."

„Da muss ich deine Freude leider dämpfen, die VS war nur einer von vielen Kunden, das Volumen der Aufträge nicht besonders groß, so der Herr Stephan."

„Direkt für die von Iserens hat der Wiemer nicht gearbeitet?"

„Nein, der war sein ganzes Berufsleben nur bei dem einen Ingenieurbüro, das wird uns kaum weiterhelfen."

„Kannten sich die beiden Opfer, ich meine, beruflich, hatten die miteinander zu tun, der Lagerist und der Ingenieur?"

„Das können wir überprüfen, aber ich fürchte, dass es uns nicht weiterhelfen wird. Es ist nicht sehr wahrscheinlich und sehr lange her. Ist unser Verdächtiger, der Jens Wagner, schon da? Prima, dann lass uns rübergehen."

Sie gingen über den Flur zum Vernehmungsraum und öffneten die Tür. „Guten Morgen, Herr ..."

„Was soll der Scheiß? Wieso bin ich hier, ich habe mit den Morden an den beiden Pennern nichts zu tun", schrie er Julia und Lars an.

„Setzen Sie sich wieder hin oder möchten Sie eine Zeit hierbleiben?" Lars sprach ruhig, ließ sich von dem aggressiven

Muskelprotz nicht beeindrucken. „Herr Wagner, wo waren Sie heute Morgen um sieben Uhr?"

„Muss man Ihnen alles dreimal sagen? Auf dem Weg zum Training, wie jeden Morgen, soll ich Ihnen das noch schriftlich geben? Ist schon wieder einer dieser Asozialen gekillt worden? Ein Säufer weniger, mir ist es recht, weg mit dem Pack."

Lars sah Julia an, die die Augen geschlossen hatte und tief atmete. Er kannte mittlerweile ihre Art zu reagieren, wenn sie kurz vorm Platzen stand. „Ja, es ist ein weiterer Mensch umgebracht worden", wobei Lars das Wort Mensch stark betonte. „Ich nehme an, dass es Zeugen für ihr Alibi gibt."

„Natürlich gibt es die, außerdem habe ich meinen Mitgliedsausweis exakt um viertel nach sieben ans Drehkreuz gehalten und bin in den Trainingsbereich gegangen. Ich glaube, das wird registriert. Was machen Sie eigentlich den ganzen Tag, wenn schon wieder einer von denen vor Ihren Augen weggemacht wurde?", lächelte der Mann sarkastisch."

„Zum Beispiel Sie ins Gewahrsam nehmen", antwortete Julia leise. „Der Mann wurde noch vor sieben Uhr getötet, sie hätten also genug Zeit gehabt, zu ihrem Studio zu fahren. Mit dem Auto dauert die Fahrt von der südlichen Innenstadt bis zur Seilerseestraße maximal zehn Minuten, unter Beachtung aller Verkehrsregeln, das haben wir überprüft. Weiterhin haben Sie nicht nur gegenüber uns ihren Hass auf diese Menschen geäußert. Ich habe in der Facebookgruppe der Partei *Die Nation* Einträge von Ihnen gefunden, in denen Sie die Taten regelrecht feiern. Diese und andere, die sich gegen Randgruppen und vor allem Ausländer wenden. Außerdem haben Sie Vorstrafen wegen Körperverletzung."

Er lachte kurz und bitter. „Ist ja klar, dass man in diesem versifften Land als Deutscher nicht mehr sagen kann, was man denkt. Willst du blöde Fotze ..."

„Herr Wagner, neben dem Verdacht, schwere Straftaten begangen zu haben und einer Beamtenbeleidigung könnte gleich noch Widerstand gegen Vollstreckungsbeamte dazukommen. Sie sollten sich also genau überlegen, wie Sie sich verhalten, wenn Sie gleich abgeführt werden." Lars sah, wie es in dem Mann arbeitete, der Brustkorb sich hob und senkte, er ihn anstarrte, die Fäuste geballt. Dann stand er langsam und ohne ein weiteres Wort auf. Julia holte die Polizisten rein, die den großen Mann abführten.

„Das reicht für einen Durchsuchungsbeschluss, mal schauen, was wir dort finden."

„Ich fürchte, nicht die Tatwaffe. Der ist zwar unbeherrscht und gewalttätig, aber nicht dumm. Zumindest nicht so, dass er die Tatwaffe bei sich aufbewahren würde. Lars, ich fürchte, der wird morgen wieder auf freiem Fuß sein."

„Und wir immer noch ohne Tatverdächtigen dastehen, verdammt."

„Können wir die Sache etwas beschleunigen? Ich brauche die Räume, und zwar so bald wie möglich."

Winston zupfte seine neue Weste zurecht, die er sich zusammen mit einem Sakko gestern bei *B&U* gegönnt hatte. Miriam Marsberger stand vor ihm, unruhig. „Ich bin etwas verwirrt, gestern sagtest du noch, es wäre nicht eilig."

„Jetzt ist es eilig, es ist leider viel passiert an einem Tag. Ich brauche die Räume so schnell wie möglich. Kann ich die ganze Sache mit etwas Geld beschleunigen?"

„Ich fürchte nicht, die Handwerker sind ausgebucht. Hat es mit dem Mord gestern zu tun?"

Miriam setzte sich auf den Stuhl vor Winstons Schreibtisch, der ebenfalls Platz genommen hatte, auf seinem alten hölzernen Stuhl, mit dem er so entspannt nach hinten kippen konnte. Und wartete.

„Ja", nickte sie nach einem Zögern, „der dritte Mord hat unter den Leuten Panik ausgelöst. Sie haben Angst, wollen weg, wissen nicht wohin. Manche kommen schon jetzt nicht mehr zu ihrem alten Treffpunkt, oder nur ganz kurz. Wenn ich nichts dagegen unternehme, ihnen einen Anlaufpunkt biete, in dem sie sicher sind, verliere ich die Kontrolle über diese Gruppe. Das wäre gefährlich, einige würden weiter abrutschen, das weiß ich."

„Ich frage mal ganz vorsichtig", beobachtete Winston die Sozialpädagogin, „warum wendest du dich nicht an deinen Arbeitgeber? Oder liege ich mit meiner Vermutung richtig, dass du deinen eigenen Laden aufziehen willst."

Wieder schwieg sie, bevor sie antwortete. „Du musst mir versprechen, dass du das, was ich dir sage, vertraulich behandelst, niemanden davon erzählst."

„Großes Indianer-Ehrenwort", lächelte Winston, darum bemüht, die Situation zu entkrampfen, und hob wie zum Schwur zwei Finger, die er zu einem V formte.

„Ja, ich werde mein eigenes sozio-kulturelles Zentrum aufbauen, mit Beratung, Betreuung und Theaterpädagogik, zwei Werkbereichen und auch einem Verpflegungsangebot. Natürlich darf mein Arbeitgeber davon nichts erfahren, schließlich werde ich dadurch einen Teil seines Geschäftsbereichs übernehmen."

Winston bewunderte Miriam in diesem Moment, ihre Entschlossenheit und ihren Willen, ein solches Projekt aufzubauen, allein. „Eine Frage musst du mir gestatten, sie liegt auf der Hand: Das, was du planst, wird nicht billig, wie willst du das finanzieren? Oder hast du noch Partner im Hintergrund?"

„Nein", schüttelte sie energisch den Kopf, „ich finanziere es allein, durch mein Geld. Wenn du daran Zweifel hast, kann ich im Voraus bezahlen, dann bist du auf der sicheren Seite."

„Ich werde mit den Handwerkern sprechen, ob sie sich auf den großen Raum konzentrieren können, es ist ja auch eine

Frage des verfügbaren Materials. Außerdem schaue ich, ob ich dir für den Übergang einen anderen Raum anbieten kann."

„Prima", sprang die zierliche Frau auf, „das würde mir und den Leuten sehr helfen. Aber wie versprochen, zu niemanden ein Wort."

„Geht klar, ich melde mich morgen bei dir." Nachdem Miriam das Büro verlassen hatte, griff Winston zum Telefon. Zeit für einen Anruf bei seinem IT-Fachmann.

„Es ist schön, dass du Zeit gefunden hast, ich freue mich sehr, Cäcilie."

„Sehr gerne, Vater, ich freue mich auch."

„Du siehst elegant aus", schaute er an ihr herunter, „du machst wirklich eine tolle Figur."

„Das ist nur einer meiner üblichen Business-Anzüge", lachte sie, „nichts Besonderes, ich komme gerade von einem Seminar, das ich gegeben habe, es ging um Kommunikation in Unternehmen."

„Die können wir brauchen", seufzte Sebastian von Iseren, „aber jetzt setz dich erst einmal. Was möchtest du trinken?"

„Einen Cappuccino, bitte. Aber warum treffen wir uns hier? Dieses, nun ja, Lokal ist nicht unbedingt dein Niveau, warum nicht bei euch zuhause?"

„Weil mich hier, im *Bahnsteig*, niemand vermutet. Hierhin ziehe ich mich zurück, wenn ich alleine sein will. Ich möchte ungestört mit dir sprechen, es geht, wie du dir sicher schon gedacht hast, um meine Nachfolge."

„Um deine für viele überraschende Nachfolge, meinst du. Mutter und Reinhart haben mich bereits angerufen, Norbert nicht. Sie wollten wissen, ob du mich vorher eingeweiht hast und, unausgesprochen, ob ich mit der Entscheidung etwas zu tun habe."

„Wie solltest du das?" Er winkte der Bedienung. „Du bist die Einzige, die kein Interesse daran hat, eine führende Position in der Firma zu übernehmen, oder hat sich das geändert?"

„Du weißt, dass ich mit Leib und Seele Psychologin bin, ich liebe meine Praxis, die Gutachten, die Vorträge und Coachings. Neben meiner hohen Kompetenz steht mir mein Familienname natürlich nicht im Wege", lächelte sie, „ich werde meine Praxis mit Sicherheit weiterführen."

Irritiert lehnte sich Sebastian von Iseren zurück und strich sich mit der Hand übers Kinn. Ein klares Nein war diese Antwort nicht. Aber sie hatte noch nie Ambitionen zur Leitung des Konzerns gezeigt.

„Ich nehme an, du kannst oder willst mir den Grund für deine plötzliche Entscheidung, Norbert zu deinem Nachfolger zu ernennen, nicht nennen."

„Das ist richtig, Cäcilie. Es geht nicht, und es gab deshalb einen sehr unschönen Streit zwischen deiner Mutter und mir."

„Das kann ich mir vorstellen, was diese Herabwürdigung mit ihr gemacht hat. Hast du von Reinhart seitdem etwas gehört?"

„Nein, ich erreiche ihn nicht seit unserem letzten Gespräch, in der Firma war er nicht und zuhause ist er auch nicht, so wie Constanze, deine Schwägerin. Vielleicht sind sie ein paar Tage ans Meer gefahren, verübeln könnte ich es ihm nicht. Herrgott, er muss doch wissen, dass diese Entscheidung einen Grund hatte und nicht gegen ihn gerichtet war."

„Du hättest es ihm sagen müssen, vorher, das war ein großer Fehler, Vater. Ich möchte an einer Lösung mitarbeiten, als deine Tochter und als Psychologin. Aber dazu muss ich genau wissen, wen du als deinen Nachfolger haben willst, könntest du frei entscheiden."

„Reinhart, ohne Zweifel."

„Spielte in der Entscheidungsfindung Opa Theodor und Oma Margarete eine Rolle?"

Sebastian von Iseren zog hörbar die Luft ein. „Mein Vater, Theodor, ja, er spielte eine Rolle, eine bedeutende, Oma nicht."

„Also muss ich ihn in meinen Gesprächen berücksichtigen, gut."

„Du hast länger nicht mit ihm gesprochen, er ist nach wie vor bei geistiger Klarheit, ein scharfer Verstand, trotz seines hohen Alters. Deine Mutter hat ihn während unseres Streites als rein biologisches Problem in der Sache genannt."

„Drastisch formuliert, aber in der Sache richtig", nickte Cäcilie. „Wenn ich die Gespräche mit meinen Brüdern und Opa führe, brauche ich deine Rückendeckung, zu hundert Prozent. Deshalb meine Frage, Vater: Vertraust du mir?"

Einen kleinen, nur sehr kleinen Moment zögerte Sebastian von Iseren. „Ja, ich vertraue dir."

„Na super, unser Verantwortlicher in dem Betrugsvorwurf ist abgetaucht. Weißt du aus dem Stegreif, wer der Stellvertreter von Reinhart von Iseren ist?"

„Nein, aber das haben wir gleich, Paul, ich schau mal auf der Webseite nach." Sabrina suchte auf der Seite und wurde schnell fündig. „Es ist unser Abteilungsleiter, Thomas Rütter. Prima, mit dem hatten wir bereits ein vertrauensvolles Gespräch."

„Das verstehe ich jetzt nicht", runzelte Paul die Stirn, „der Abteilungsleiter ist nur der Stellvertreter? Und der Reinhart von Iseren, was macht der in der Abteilung?"

„Der ist sein Vorgesetzter, verantwortlich für mehrere Bereiche. Ich mache einen Termin mit dem Rütter, vielleicht können wir über ihn die ganze Sache beschleunigen, warte einen Moment." Sie griff zum Telefon und ließ sich mit seiner Sekretärin verbinden. „Ja, das können wir auch telefonisch machen. Jetzt sofort? Natürlich, das wäre gut." Sie drückte eine Taste an dem Telefon, damit Paul mithören konnte.

„Ich will die Sache vom Tisch haben", hörte der die Stimme des Abteilungsleiters. „Ich habe mit unserem verantwortlichen Juristen gesprochen, er soll Möglichkeiten prüfen, wie wir ohne großen finanziellen Schaden und ohne Ansehensverlust aus der Sache rauskommen. Ich möchte den Kunden behalten und sehe keinen Sinn darin, mit aller Gewalt gegen die betroffene Firma vorzugehen. Sollte uns das gelingen, wäre es vorteilhaft, wenn Sie, Frau Dürmer, das Unternehmen dazu veranlassen könnten, die Anzeige zurückzuziehen." Paul zuckte mit den Schultern und schaute Sabrina fragend an.

„Ich weiß nicht, ob das möglich ist bei einer laufenden Ermittlung. Aber ich werde mich dafür einsetzen, ganz sicher. Eine Bitte habe ich noch, Herr Rütter, es geht um einen anderen Fall, den ein Kollege von mir bearbeitet. Er hat mit dieser Sache nichts zu tun, es geht um einen Mann, der vor langer Zeit bei VS im Lager gearbeitet hat. Könnten Sie mir jemanden nennen, der schon sehr lange bei Ihnen arbeitet und den Mann noch kennen könnte? Das wäre außerordentlich hilfreich."

„Da gibt es einige, als familiengeführtes Unternehmen haben es Theodor und auch Sebastian von Iseren immer für wichtig gehalten, Mitarbeiter langfristig ans Unternehmen zu binden. Leider ist das seit einigen Jahren anders. Im Lager, sagten Sie? Kleinen Moment, ich schaue mal nach."

Sabrina landete in der Warteschleife. „Vielleicht kann ich Lars damit einen Hinweis geben", flüsterte sie in Pauls Richtung.

„Woher weißt du denn, dass eines der Opfer mal bei den von Iseren gearbeitet hat? Hast du mit Lars über unsere Fälle gesprochen?" Täuschte er sich oder wurde Sabrina an den Wangen rot?

„Die Kontaktdaten senden Sie mir per Mail? Das ist sehr nett, danke, Herr Rütter." Sie legte auf. „Ein Heinz Meier, seit einigen Jahren in Rente. Ich leite es noch an Lars weiter."

„Schön, dann können wir ja wieder an unserem Fall weiterarbeiten. Wir brauchen Ergebnisse."

„Du meinst, dass eine schnelle Erledigung des Falls deine Chancen erhöht, nach Düsseldorf zu kommen?"

„Brauchst gar nicht so schnippisch zu fragen, liebe lächelnde Kollegin. Ja, ich will nach Düsseldorf, und gestern habe ich mich dort offiziell beworben, es ist eine Planstelle frei. Tut mir leid, wenn du demnächst einen neuen schwungvollen und energischen Kollegen bekommst."

„Erstens bist du noch lange nicht weg und zweitens, wer weiß, ob sich nicht was Besseres findet. Und mit diesem Satz lasse ich dich allein und verschwinde in den Feierabend." Sabrina stand auf, nahm ihre Jacke und verließ das Präsidium. Schon wieder ein neuer Kollege, wenn es denn mit seiner Bewerbung in Düsseldorf klappen sollte. Sie ging die Friedrichstraße hinunter, an der Arbeitsagentur und dem ehemaligen Ostbahnhof vorbei. Sollte sie den neuerlichen Wechsel nutzen? War er vielleicht ein Hinweis, dass sie Lars' Vorschlag, eine Auszeit zu nehmen, umsetzen sollte? Je länger sie darüber nachdachte, desto mehr gefiel ihr der Gedanke, beschleunigt durch die wenig schöne Aussicht, sich schon wieder an jemand anders gewöhnen zu müssen. Ja, der Gedanke gefiel ihr. Lächelnd ging sie auf den Zebrastreifen am Kreisverkehr, sie wollte noch zu der Vollkornbäckerei, ein *Dinkel Kunterbunt* kaufen. Sie würde später Lars anrufen und mit ihm über ihre Gedanken sprechen. Den schwarzen BMW sah sie zu spät.

Reichlich verwirrt verließ Winston die Wohnung von Daniel Brieger. Sie war vollgestopft mit Computern, Bildschirmen und elektronischen Geräten, die er nicht kannte. Es piepste und leuchtete, ständig schienen sich die Geräte mit anderen auszutauschen. Er kam sich dort sehr alt vor, aber es war ihm gelungen, ihn von der Notwendigkeit eines kleinen Büros zu überzeugen, das er zufällig zu vermieten hatte, im Keller. Alt und sehr nachdenklich. Was sollte er mit der Information anfangen, die er bekommen hatte? Wem sie sagen, wie sie verwerten? Er brauchte Ruhe.

Winston fuhr zum Seilersee und hoffte, eine Runde um das Gewässer würde ihm Klarheit bringen. Es waren nur wenige Wolken, die sich im See spiegelten, an den Tischen beim Tretbootverleih saßen einige ältere Männer und tranken Kaffee oder ein kleines Bier, Pärchen, alt und jung, schlenderten umher, sprachen oder schwiegen. Er ging über die Staumauer hinauf zum Wald und entdeckte das Schild, das die Strecken um den See und im Wald erklärte. Immerhin, über eintausendsechshundert Meter war seine Route lang. Winston beschloss, dass er damit für heute genug für seine Fitness machen würde und ging weiter, zum lautesten Punkt der Strecke. Dort, unter der Brücke, hallten der Lärm der Skateboards und die Rufe der Jugendlichen wider, er ging weiter bis zum Kleingartengelände. Wie immer las er dort die Schilder, die die unterschiedlichen Baumarten erklärten, die in diesem Bereich um den See wuchsen und wie immer würde er sie bis zum nächsten Spaziergang vergessen haben. Als er den großen Spielplatz und den für ihn hässlichsten Punkt der Runde, die im See platzierte große Metallblume in den blassen Farben, erreichte, war er der Lösung seiner Frage keinen Meter näher. Der Nerd hatte es tatsächlich geschafft und die Verschlüsselung der Mail geknackt. Es war Miriam Marsberger, die dahintersteckte. War sie in Gefahr, wenn er diese Information an seinen anonymen Auftraggeber weitergab? Was hatte sie geschrieben? Sollte er sie fragen, mit ihr darüber sprechen? Andererseits, er hatte seinen Auftrag erfüllt und wurde dafür gut bezahlt, sehr gut bezahlt, alles andere konnte ihm egal sein. Oder sollte er sie anonym informieren? Hatten diese Nachrichten, die sie über diese Adresse versendet hatte, etwas mit ihrem Plan von ihrem Zentrum zu tun?

Er ging weiter, über die kleine Holzbrücke, von der einige Leute die Enten fütterten, etwa zwanzig Meter neben dem Schild, das darum bat, dies nur bei Frost zu tun. Machte er sich Sorgen um Miriam? Mochte er sie? Sie war ihm sympathisch, ja, er mochte ihre energische Art, ihr Lächeln und ihre Stimme, den Glanz in ihren Augen. Aber das war etwas ganz Anderes als bei Julia, die hatte er geliebt. Warum war es so weit gekommen, warum hatten sie sich getrennt? Sie hatten viel miteinander gearbeitet, waren oftmals anderer Meinung, es gab Streit, über die Arbeit, über die alte Fabrik an der Oberen Mühle. Sie hatten nicht mehr miteinander geschlafen, lebten zuhause nebeneinanderher, bis es Winston auffiel, dass Julia immer öfter abends ausging. Dass sie sich mit einem anderen traf, erfuhr er erst später und als sie ging, die Wohnung verließ, war es ihm recht, er wollte allein sein. Diese Grübeleien brachten ihm bei der Antwort auf seiner Frage allerdings nicht weiter. Als er den Parkplatz erreicht hatte, entschloss er sich, zwei Mails zu schreiben. Und allein zu bleiben.

„Schönen guten Tag, Herr Meier." Lars ließ Julia den Vortritt, als sie das kleine Haus in der Iserlohner Heide betraten. Es war eines dieser Siedlungshäuser, wie sie nach dem Zweiten Weltkrieg in den fünfziger und sechziger Jahren erbaut wurden, mit einem großen Garten, in dem früher Hühner gehalten und in großen Beeten, in Reihen angeordnet, verschiedene Gemüsesorten angepflanzt wurden. Sie gingen durch den Flur und das Wohnzimmer hinaus in den Garten. Auf der Terrasse standen um einen runden Tisch vier Gartenstühle mit Auflagen, auf dem Tisch Kaffeetassen, Kuchenteller und eine Warmhaltekanne. Ihr Gastgeber bat sie, sich zu setzen und entschwand lächelnd ins Haus, das er mit einem Erdbeerkuchen in den Händen wieder verließ.

„Sehr freundlich von Ihnen", lächelte ihn Julia an, als er ihr mit ruhiger Hand ein Stück Kuchen auf den Teller legte.

„Danke, aber Sie sind ja nicht zum Plaudern gekommen, wie kann ich Ihnen helfen?"

„Mit einigen Worten zu Karl Cordes, Sie haben doch mit ihm zusammengearbeitet?"

„Ja, auch wenn das schon lange her ist. Ich bin ja nun schon über zehn Jahre in Rente, und der Karl ist noch wesentlich früher aus dem Unternehmen ausgeschieden, als das damals alles passiert ist."

„Sie meinen die Sache mit seiner Frau?"

„Weniger mit seiner Frau, eher mit seinem Suff, das war auch der Grund, warum sie ihn verlassen hatte."

Julia beobachtete den schlanken Mann mit den weißen Haaren, er sprach ruhig und betont. „War das Trinken auch der Grund, warum er die Firma verlassen hat?"

„Rausgeworfen wurde, und das war damals schwierig in der Firma, da musste man schon einiges anstellen, bevor die jemanden entließen. Nein, Karl erschien immer öfter angetrunken zur Arbeit, später hat er auch im Lager weitergetrunken, hat sich Verstecke geschaffen für seine Flaschen. Schade um ihn, eigentlich war er ein netter Kerl, aber ich kann Ihnen keinen Grund nennen, warum ihn jemand ermorden würde."

„Hatten Sie nach seinem Ausscheiden noch Kontakt zu ihm?"

„Nein, Frau Hamann, da war nichts mehr. Es ist tragisch, wenn ein Mensch so abrutscht, er hatte zum Schluss an nichts mehr Interesse, weder an der Arbeit noch an seinem Hobby."

„Welches war das denn?" Interessiert beugte sich Lars vor und nahm dabei ein zweites Stück von dem leckeren Kuchen.

„Er hat sich längere Zeit mit Heimatforschung beschäftigt, die Geschichte Iserlohns, der Wirtschaft und Kultur, zusammen mit einem Ingenieur, der ab und zu in den Betrieb kam und Maschinen gewartet und eingestellt hat."

„Hieß dieser Mann zufällig Hans Wiemer, wissen Sie das noch? Übrigens ist der Kuchen sehr lecker, ein Gedicht."

„Danke. Das kann sein, ich hatte nicht oft mit ihm zu tun, das hat ein Techniker gemacht, aber möglich ist es."

„Danke, Herr Meier, Sie haben uns sehr geholfen." Fast zeitgleich erhoben sich Julia und Lars, ihr Gastgeber zeigte ihnen noch den Weg durch den Garten und die Garage zur Straße.

„Was meinst du, Lars, mit wem sollten wir als Nächstes sprechen?"

„Ich denke, wir sollten uns mit der Ex-Frau von diesem Wiemer unterhalten, und zwar gründlich."

„Ich habe Ihnen doch gesagt, dass ich mit dem Tod dieser Penner nichts zu tun habe."

„Zwei Minuten, Herr Wagner, es sind nur zwei Minuten, die sie von einer weiteren Untersuchungshaft bewahren. Zwei Minuten Differenz zwischen ihrem Einchecken im Fitness-Studio und dem Start mit dem Wagen an der alten Bauernkirche, und das bei vorschriftsmäßiger Fahrweise. Und die müssen wir Ihnen unterstellen, leider. Glauben Sie mir, sollte doch noch ein Nachweis auftauchen, etwa dass Sie an diesem Morgen geblitzt wurden, sind Sie schneller wieder in Haft als Sie glauben. Und jetzt verschwinden Sie." Lars ignorierte das breite Grinsen des Rechtsextremen und ging zurück in das Büro. „Ist so weit alles fertig, können wir gleich loslegen?"

„Keine Sorge, Lars, es ist alles in Butter, die Verbindung steht, der Kollege aus der Technik hat alles bestens vorbereitet. Ist deine letzte Video-Konferenz so lange her, dass du so gespannt bist?"

„Höre ich da einen leicht spöttischen Unterton? Ich alter Mann habe so etwas noch nie gemacht, ich habe in solchen Fällen immer telefoniert."

„Ernsthaft?" Julia schaute ihn ungläubig an. „Du hast tatsächlich noch nie eine solche Video-Befragung gemacht? Das ist doch seit langer Zeit Standard."

„Nein, das habe ich alter Mann tatsächlich noch nie gemacht und wenn wir es genehmigt bekommen hätten, wäre ich gern mit dir zur Befragung nach Fehmarn gefahren, es ist wunderschön dort."

„Das mag ja sein, aber den Aufwand wegen einer Befragung? Das ist doch irre. Soll ich dir wegen der Konferenz die Hand halten? Musst wirklich nicht nervös sein."

„Verarsch mich nicht, du junges Reh, und jetzt schmeiß die Übertragung an."

„Schönen guten Tag, Frau Wiemer, danke, dass Sie Zeit für uns gefunden haben."

„Sehr gern, Frau Hamann, obwohl ich nicht glaube, dass ich Ihnen helfen kann."

„Wir suchen nach wie vor ein Motiv für den Mord an ihrem ehemaligen Mann und fragen uns, ob es in der Vergangenheit liegen kann."

„Das glaube ich kaum, welcher Mörder lässt sich mit seiner Tat fast zwanzig Jahre Zeit?"

Lars musste der drahtigen Frau mit dem braungebrannten Gesicht insgeheim recht geben.

„Hatten Sie in den vielen vergangenen Jahren tatsächlich keinen Kontakt mehr zu ihrem Mann? Keine Telefonate oder Briefe?"

„Nein, das sagte ich Ihnen schon. Nach meinem Auszug habe ich mir eine kleine Wohnung gesucht, was damals noch viel leichter war als heute. Nach unserer Scheidung bin ich dann nach Fehmarn gezogen, ich wollte nur noch weg aus Iserlohn, in jeder Form Abstand gewinnen."

„Kannten Sie damals ihren neuen Partner, den Herrn ..."

„Raven. Getroffen habe ich ihn einmal in Iserlohn, flüchtig. Kennengelernt habe ich ihn erst hier auf der Insel. Ich wollte neu anfangen, ich hatte das Gefühl, in unserer Ehe, in diesem Haus zu ersticken. Alles war Routine und mein Mann nur selten zuhause."

Diese Frau wurde Lars immer sympathischer. Obwohl sie Mitte sechzig war, hatte sie mehr Energie und Entschlusskraft als viele Jüngere und mit ihren langen, vom Wetter leicht gebleichten blonden Haaren war sie noch sehr attraktiv.

„Gestatten Sie mir die Frage, Frau Wiemer, so, wie seine Betreuerin, Miriam Marsberger, ihren Ex-Mann geschildert hat, unterscheiden sie beide sich sehr in ihrem Temperament, liege ich mit dieser Einschätzung richtig?"

„Absolut", nickte die Frau auf dem Bildschirm, „was am Anfang unserer Ehe wie eine ideale Ergänzung aussah, entpuppte sich später als der Grund für die Trennung. Ich war schon immer sehr entschlussfreudig und aktiv, Hans dagegen nachdenklich, zögerlich. Das war bestimmt nicht immer falsch, im Gegenteil, doch im Laufe der Jahre bremste es mich zu sehr. Zumal er sich immer tiefer seiner Forschung widmete, während ich mir Hobbys suchte, um nicht so viel allein zu sein."

„Forschung? Ich dachte, ihr Mann war Ingenieur."

„Stimmt", bestätigte die Frau auf der Insel lebhaft, „aber sein großes Hobby war die Heimatforschung, damit hat er sehr viel Zeit verbracht, im städtischen Archiv, in den Kirchen, in Gesprächen mit alten Leuten und Historikern. Damit war er durchaus erfolgreich und anerkannt, aber dieser Drang, alten Dingen auf die Spur zu kommen, lastete sehr auf unserer Ehe. Und mir war diese ganze Materie viel zu trocken."

Kann ich mir vorstellen, dachte Lars und lächelte. „Hatte ihr Mann ein Gebiet, für das er sich besonders interessierte, oder spezielle Stadtteile, auf die er sich konzentrierte?"

„Die wirtschaftliche Entwicklung der Stadt hat ihn besonders interessiert, weil mit ihr, so seine Meinung, alles andere, die bauliche oder soziale Geschichte, zusammenhängt. Ich weiß nicht, ob sein gesamtes Material mittlerweile digitalisiert wurde, aber er hat fast alles dem Stadtarchiv überlassen, nach seinem langen Aufenthalt in der Klinik. Nur einen Karton habe ich noch, allerdings habe ich mir den Inhalt nie angesehen."

„Was für eine Klinik? Unter welcher Krankheit litt denn ihr Mann, Entschuldigung, Ex-Mann?"

„Er war in der psychiatrischen Klinik in Frönsberg, zwei oder drei Jahre. Ich habe davon nur erfahren, weil die Station noch Fragen zu ihm hatte, der Grund für den Aufenthalt war scheinbar sein Alkoholkonsum. Aber etwas Genaues weiß ich darüber nicht, wenn ich ehrlich bin, hat es mich damals nicht mehr interessiert. Ich war dabei, mein Leben auf Fehmarn aufzubauen."

„Davon wussten wir nichts und ich bin etwas irritiert, dass uns seine Betreuerin nichts davon gesagt hat", wunderte sich Julia.

„Stimmt, das ist merkwürdig. Frau Wiemer, Sie haben uns sehr geholfen, vielen Dank dafür."

„Gern geschehen, Herr Krenk, falls Sie noch Fragen haben, jederzeit."

„Ich habe noch eine Frage, Frau Wiemer, eine persönliche, und ich würde mich freuen, wenn Sie sie mir beantworten könnten."

„Kein Problem, legen Sie los, Frau Dürmer."

„Sie sind, wie Sie selbst sagen, sehr entscheidungsfreudig und Sie machen auf mich einen selbstbewussten Eindruck. Deshalb frage ich mich, warum Sie all die Jahre den Namen ihres Mannes behalten haben."

„Ganz einfach, mein Geburtsname ist Fickering, reicht das als Begründung?"

„Paul Henders hier, der neue Kollege von Sabrina."

Lars wunderte sich, der hatte bislang noch nie angerufen, es war immer Sabrina gewesen. „Ich weiß, wer du bist, wir haben uns doch schon mehrmals gesprochen, was gibt es?"

„Ich weiß nicht, ob du es schon gehört hast, aber Sabrina hatte gestern einen Unfall und liegt im Krankenhaus."

„Was, einen Unfall? Mein Gott, wie schrecklich, wie geht es ihr? Ist sie schwer verletzt?" Lars hörte, dass er dieselben Fragen stellte wie die Menschen, denen sie im Dienst nach Gewalttaten schlechte Nachrichten überbrachten.

„Sie wurde auf dem Heimweg von einem Auto angefahren, aber sie ist nicht schwer verletzt. Ob sie sich etwas gebrochen hat, kann ich nicht sagen, sie liegt jedenfalls im Elisabeth-Hospital auf einer normalen Station, nicht auf Intensiv."

„Danke für die Nachricht, ich fahre sofort hin." Lars drückte das Gespräch weg und steckte das Handy in seine Tasche. „Ich muss für eine Stunde weg, meine ehemalige Kollegin hatte einen Unfall."

„Natürlich, kein Problem. Ich hoffe, sie ist nicht schwerverletzt, grüße sie von mir. Ich kümmere mich in der Zeit um das Stadtarchiv, bis später."

Lars stieg in sein Auto und fuhr durch die Innenstadt vorbei an der riesigen Baustelle, die sich Schillerplatz nannte, Richtung Krankenhaus. Und wie immer, wenn er den Platz passierte, auf dem früher das Karstadt-Gebäude stand, erinnerte er sich daran, wie sehr er das Kaufhaus vermisste. Hinter der Alten Post bog er in die Baarstraße ab und von dort nach links zu den Stadtwerken. Die große Baustelle dort existierte nicht mehr, so dass er weiter die Straße hinauffahren konnte, wenn ihn der entgegenkommende Verkehr ließ. Er würde nie verstehen, warum ein so bedeutender Komplex wie das Krankenhaus nur über so erbärmliche Straßen zu erreichen war.

Der Parkplatz des Krankenhauses war wie üblich fast komplett voll und er fragte sich, wie das aussehen sollte, wenn die geplante massive Vergrößerung der Gebäude durchgeführt wurde. An der Rezeption fragte er nach ihrer Zimmernummer und ging zur Unfallchirurgie. Sie hatte ein Einzelzimmer und nach einem zaghaften Klopfen trat er vorsichtig ein. Sie schlief nicht und sah ihn aus müden Augen an. Mist, er hatte weder an Blumen noch an Schokolade gedacht.

„Komm rein", flüsterte sie und Lars trat zu ihr ans Bett. Er holte sich einen Stuhl und setzte sich neben sie. „Wie geht es dir?" Er nahm ihre linke Hand, in der rechten steckte eine Kanüle mit einem Schlauch. Sie war kalt, deshalb bedeckte er sie mit seiner anderen Hand.

„Als hätte mich ein Auto überfahren", sagte sie leise und lächelte schwach.

„Deine Witze waren auch schon besser. Wie ist das denn passiert?"

„Ich bin über den Zebrastreifen an der Tankstelle gegangen, als aus dem Kreisverkehr dieses Auto kam, er war zu schnell, um noch zum Stillstand zu kommen. Es ging alles so schnell, plötzlich lag ich auf der Straße und wusste gar nicht, was passiert war. Ich konnte aufstehen, bin aber kurz danach wieder zusammengesackt. Dann kamen Leute von der Tankstelle herüber, die mir halfen und einen Rettungswagen riefen. Aufgewacht bin ich erst wieder in der Ambulanz. Gebrochen ist nichts, nur viele Prellungen, Verstauchungen und eine Gehirnerschütterung. Ich fürchte, ich werde ein paar Tage ausfallen."

„Mindestens zwei Wochen, vorher will ich dich im Präsidium nicht sehen", stellte er klar. „Musst du länger hierbleiben?"

„Nein", schüttelte sie den Kopf und bereute es schnell, ihr schmerzverzerrtes Gesicht ließ ihn ihre Hand etwas fester drücken. „Nur heute und die nächste Nacht, zur Beobachtung, dann kann ich nach Hause."

„Brauchst du etwas, soll ich dir Sachen aus deiner Wohnung holen?"

„Nein, danke, nicht nötig für diese kurze Zeit. Aber es wäre nett, wenn du dich um Max kümmern könntest."

Max, ihre Katze, stimmt, an die hatte er gar nicht gedacht. Wie kümmert man sich um eine Katze, er hatte das noch nie gemacht. Musste man mit der Gassi gehen, an einer Leine? „Natürlich, du musst mir nur sagen, was ich machen soll. Braucht der Auslauf? Muss ich ihm etwas zu essen machen?"

„Nein", lächelte sie, dieses Mal, ohne den Kopf zu bewegen, „das Futter ist in dem kleinen Schrank in der Abstellkammer, ab und zu freut er sich über ein Leberwurstbrot und ein paar Streicheleinheiten, Max ist sehr verspielt."

„Na, wenn er mich denn lässt und mich nicht anfaucht und zerkratzt."

„Er mag dich, das habe ich gespürt, als du bei mir warst, und es ist auch nur heute Abend, vielleicht morgen noch."

„Das sehe ich anders, wenn ich mir die Krücken neben dem Bett anschaue."

„Leider ist auch mein Sprunggelenk verstaucht, tanzen kann ich vorerst nicht, das ist richtig."

„Sabrina, ich komme natürlich jeden Tag zu dir und helfe dir, du musst mir nur Listen machen mit dem, was ich einkaufen soll, und das mit dem Tanzen holen wir später nach. Und darüber diskutiere ich auch gar nicht, wichtig ist nur, dass du schnell wieder auf die Beine kommst."

„Das ist lieb von dir, danke. Im Gegenzug musst du mir sagen, was du essen möchtest, genug Zeit zum Kochen werde ich haben."

„Nutze die Zeit lieber für deine Malerei, und jetzt schlaf noch ein bisschen." Als er sich von ihr verabschiedete, gab er ihr einen Kuss auf die Stirn.

7

„Norbert, es ist nur für eine kurze Zeit. Du würdest damit einen wichtigen Beitrag leisten, um wieder Frieden in die Familie zu bringen, das ist mein Ziel. Und auch das von deinem Vater, er leidet sehr unter der Situation, unter dem Druck, unter dem er steht."

„Druck? Leidet? Wer hat denn die vielen Jahre den meisten Druck gemacht, wer hat denn am meisten darunter gelitten? Reinhart und ich waren das, er hat uns zu Gegnern gemacht, und jetzt soll das alles nicht mehr gelten? Tut mir leid, Schwesterherz, aber das ist lächerlich." Verärgert sprang er auf und fing an, in seinem Büro auf und ab zu gehen. „Und wie stellst du dir das vor? Soll Reinhart zurückkommen, als wäre nichts gewesen? Als wäre er nicht in aller Öffentlichkeit gedemütigt worden? Ja, ich habe dieses Spiel mitgemacht, weil ich die Nachfolge wollte, aber dass es so ablaufen würde, wusste ich nicht. Ich hatte angenommen, er wusste bereits davon. Wo steckt er eigentlich jetzt, ich habe ihn seit Tagen nicht gesehen."

„Das weiß ich nicht", log Cäcilie, „er ist abgetaucht, seinen Job macht jetzt der Abteilungsleiter."

„Ja, der Rütter, und er scheint ihn gut zu machen. Scheinbar bewegen sich unsere Juristen und der verprellte Kunde aufeinander zu, die Staatsanwaltschaft ist bereit, die Ermittlungen einzustellen. Also, wie stellst du dir das vor?"

„Wichtig ist, dass Reinhart zurückkommt, vorher werde ich mit unserem Opa, Theodor, den Plan besprechen. Wir müssen sichergehen, dass er mitzieht und nicht wieder eine eigene Entscheidung trifft, ob mit Vater oder ohne ihn. Ich werde ihn gleich treffen und mit ihm sprechen, Sebastian hat mir noch einmal bestätigt, dass er sich zurückziehen wird, endgültig."

„Begeistert bin ich von dem Plan nicht, aber letztendlich könnte er meine Position stärken. Also gut, ich mache mit, aber dieser Rückzug ist nur vorübergehend, aus gesundheitlichen

Gründen. Du wirst die Leitung nach wenigen Wochen wieder an mich übertragen."

„Natürlich werde ich das", lächelte sie ihn an und stand aus dem unbequemen Besuchersessel auf, „du weißt doch, dass meine Welt meine Praxis und meine Vorträge sind. Ich melde mich morgen bei dir." Mit diesen Worten zog sie die Rauchglastür seines Büros zu, nickte der Sekretärin zu und ging die Treppe hinunter ins Foyer. Theodor wartete auf sie.

„Die Pasta al dente oder etwas weicher?"

„Mache sie so, wie du sie magst. Ich weiß zwar nicht, was du köchelst, aber es riecht sehr gut." Sabrina humpelte zurück zu ihrer Couch, in der Hand das Kühlpad, das Lars ihr gegeben hatte. Sie legte ihr Bein hoch und das Pad um den Knöchel, mehr konnte sie nicht machen. „Nach dem Essen nehme ich noch eine Tablette, das muss reichen für heute."

„Verträgst du sie gut?"

„Ich hatte zuerst Bedenken, das Ibuprofen könnte mir auf den Magen schlagen, aber es ist alles in Ordnung."

„Ich bin gleich so weit, ich mache nur noch die Soße." Lars löffelte die gehackten Zwiebeln und den Knoblauch in das heiße Fett, ließ beides glasig anrösten und gab dann die geschnittenen frischen Champignons dazu. Nachdem diese Wasser verloren hatten, gab er die Sahne und den Senf dazu, das warmgehaltene Putengeschnetzelte und würzte alles mit Salz und Pfeffer. Er brachte die Pasta in den tiefen Tellern zum Tisch, anschließend die Pfanne mit dem Geschnetzelten und der Sauce. „Magst du einen Rotwein dazu? Er ist offen, ich muss nur noch Gläser holen."

„Gerne, und danke fürs Kochen. Wenn du so weitermachst, bin ich dick und rund, wenn ich zurückkomme."

„Ach was, du hast nicht zugenommen, aber du bewegst dich wieder besser. Hast du dir überlegt, ob du von dem Fahrer des Wagens Schmerzensgeld haben willst?"

Sabrina nickte, während sie sich das Geschnetzelte auf den Teller tat. „Mit Sicherheit werde ich das, und da wird noch einiges auf den jungen Mann zukommen. Von meinem Anwalt habe ich heute erfahren, dass der nicht nur zu schnell, sondern auch alkoholisiert war, mehr als ein Promille."

„Nicht schlecht. Übrigens haben wir heute ein Paket bekommen von der Ex-Frau des zweiten Mordopfers."

„Diesem Hans Wiemer? Was war der Inhalt?"

„Keine Ahnung, es war sehr spät da, wir schauen morgen rein."

„Auf Fehmarn lebt die jetzt, hattest du gesagt? Da möchte ich auch mal wieder hin, früher war ich als kleines Mädchen oft mit meinen Eltern im Urlaub dort. Ich habe keine Ahnung, ob ich heute noch etwas wiedererkennen würde."

„Wäre das nicht der ideale Ort für dich, falls du deine Auszeit nehmen willst? Motive für deine Bilder wirst du dort sicher jede Menge finden."

„Ja", nickte sie nachdenklich, „ich erinnere mich, dass es dort ein besonderes Licht gab, anders als hier."

„Dort hat übrigens ein berühmter Expressionist, Ernst-Ludwig Kirchner, mehrere Sommer verbracht und gemalt", brüstete sich Lars.

„Ist ja sehr interessant. Woher weißt du denn das? Nimm es mir nicht übel, aber mit Kunst habe ich dich noch nie in Verbindung gebracht."

„Stimmt", lächelte der, „ist schon sehr lange her, dass ich in einem Museum oder so war. Ich habe es zufällig im Fernsehen gesehen und dachte, ich könnte jetzt ein bisschen damit protzen."

„Ist dir fast gelungen", lachte Sabrina, „aber ich werde mir diesen Kirchner mal anschauen."

„Und die Insel auch?"

„Ich weiß, worauf du anspielst. Aber ich weiß es noch nicht, ich denke ständig darüber nach, vor allem jetzt. Weißt du, wir sehnen uns so oft danach, mehr Zeit für uns zu haben, stellen uns vor, was wir alles machen würden. Aber jetzt, wo ich diese Zeit habe, muss ich vorsichtig sein, nicht so oft zu grübeln, das macht mich nur unsicherer, aber bringt mich keinen Zentimeter weiter."

„Stimmt, grübeln ist wie schaukeln. Aber das mit der vielen Zeit ist nur bedingt richtig, du bist durch deine Verletzungen in deinem Handeln wesentlich eingeschränkt, du kannst nicht alles das machen, was du gerne möchtest."

„Ich weiß es noch nicht, Lars, ich weiß es noch nicht", seufzte Sabrina und schob den leeren Teller zur Seite. „Ich weiß nur, dass ich noch ein Glas Wein mit dir trinken möchte. Und dann noch eins und noch eins."

„Reinhart, erst einmal möchte ich dir danken, dass ich mit dir sprechen kann, das ist nicht selbstverständlich. Schließlich habe ich deine Enttäuschung, deine Wut gesehen, als Vater Norbert als seinen Nachfolger benannt hat, ohne dir vorher etwas zu sagen."

„Nur einen ganz kleinen Teil hast du von dem gesehen, dass in mir vorging, Schwesterherz, nur einen ganz kleinen Teil. Ich hoffe, Vater wird glücklich mit seiner Entscheidung, das Unternehmen unter Norberts Führung vor die Wand fahren zu lassen."

„Ich habe ihm etwas versprochen. Ich möchte wieder Frieden in die Familie bringen, die Gräben, die zwischen euch entstanden sind, zuschütten."

„Die sind nicht neu, die gibt es schon lange, aber jetzt hat er alle möglichen Brücken abgerissen", schnaubte es verächtlich aus ihrem Handy.

„Das denke ich nicht, und ich habe einen Plan, wie ich das schaffe."

„So? Wie sollte der aussehen? Der kann nur funktionieren, wenn ich die Leitung übernehme, allein. Also müsste Norbert zurücktreten und Vater eingestehen, dass er einen Fehler gemacht hat. Hältst du das für realistisch? Der gibt keinen Fehler zu, niemals, das hat er noch nie gemacht, auch wenn es mehr als offensichtlich war."

„Du sollst die Leitung übernehmen, allein. Aber das funktioniert nur, wenn du für eine kurze Zeit ausscheidest, ganz. Du hattest das Angebot in die Geschäftsleitung unseres Mitbewerbers, der *Sauerland Steel*, zu wechseln. Meines Wissens ist das noch aktuell."

„Ja", antwortete Reinhart zögerlich, „das ist es und ich überlege, es anzunehmen. Mir ist durchaus klar, dass das einen endgültigen Bruch mit unserem Vater bedeuten würde, aber das ist mir mittlerweile fast egal."

„Nimm es an, ich muss nur noch ein Gespräch mit Opa Theodor führen, dann kann ich meinen Plan umsetzen. Es gibt eine wichtige Voraussetzung, und du musst mich darin unterstützen, davon hängt alles ab."

„Mach es nicht so geheimnisvoll, worum geht es?"

„Ich werde für einige Zeit die Leitung der Firma übernehmen. Nach wenigen Monaten werde ich dich zurückholen und meinen Posten aufgeben." Sie hörte ihn atmen und er schien zu überlegen, wie er antworten sollte. „Das ist enorm wichtig und du weißt, dass mir die Firma nie viel bedeutet hat. Nur du weißt davon, ich werde über diesen Punkt weder mit Norbert noch mit unserem Vater sprechen, das schwöre ich. Unterstützt du mich nicht, scheitert der Plan und du wirst nie der Inhaber."

„Also gut, auch wenn ich nicht weiß, wie du das umsetzen willst. Ich bin dabei."

Zufrieden und mit einem Lächeln beendete sie das Gespräch. Nur noch Theodor stand zwischen ihr und ihrem Ziel.

„Das sind ja unglaubliche Mengen an Wissen, die der Mann zusammengetragen hat. Nicht schlecht für jemanden, den die Leute als Penner bezeichnet haben."

„Na ja, nicht alle haben das. Aber es ist schon erstaunlich, was Hans Wiemer recherchiert hat, insbesondere was die wirtschaftliche Entwicklung Iserlohns betrifft. Hier, schau mal", zeigte Julia auf den Bildschirm, „der hat sogar Vorträge gehalten, vor fachkundigem Publikum."

„Auch wenn dieser Zeitungsartikel über zwanzig Jahre alt ist, frage ich mich, wo all diese Leute später waren, als es dem Mann schlecht ging."

„Darüber würde ich nicht urteilen, wer weiß, was in den vielen Jahren mit den Leuten passiert ist. Aber ich fürchte, wir haben in all dem Material, das wir gesichtet haben, nicht den Hauch eines Motivs für den Tod des Mannes gefunden. Ich fürchte, wir müssen uns damit abfinden, dass der Täter seine Opfer rein willkürlich ausgesucht hat."

„Was eine Katastrophe wäre, weil wir weiterhin keinen konkreten Ermittlungspunkt hätten", seufzte Lars und rieb sich beim Aufstehen den schmerzenden Rücken. „Haben wir jetzt alles gesehen, was der Wiemer dem Stadtarchiv überlassen hat?"

„Nach Auskunft des Leiters, ja. Die achten sehr darauf, dass das Material, das sie annehmen, von historischer Bedeutung für die Stadt und das Archiv sind."

„Du meinst, meine Sammlung alter Postkarten, die ich von meinen Eltern noch habe, hätte keine Chance?"

„Im Leben nicht. Und ich hätte nicht damit gerechnet, dass du solche Sachen sammelst."

„Ich hebe sie nur auf, ich sammel nicht. Irgendwann gehen die in den Müll. So, und wie ermitteln wir weiter? Eine stichprobenartige Observation der anderen Leute von dem Treffpunkt?"

„Lass uns erst einmal ein paar Schritte gehen, die Luft hier drin macht mich müde, auf geht's."

Sie verließen die Alte Post und gingen am Fußgängerüberweg zur Unnaer Straße, vorbei am Glockenspiel hinauf bis zum Rathausplatz.

„Ganz schön was los hier, schau mal, die vielen Kinder an den Wasserspielen."

„Ja, und das alte Rathaus sehe ich immer wieder gern, ein schönes Gebäude."

„Schön, dass bei euch viele alte Gebäude den Krieg überstanden haben, das war bei uns nicht so. Aber die Städte im Ruhrgebiet haben viel mehr Bomben abbekommen als das Sauerland."

„Stimmt, Julia, und was der Krieg nicht geschafft hat, hat die Generation danach geschafft. Viele schöne Gebäude wurden abgerissen, weil man glaubte, viel Beton bedeute viel Stadt, bloß nicht kleinstädtisch wirken."

„Ja, leider wurde nach dem Krieg vieles abgerissen, in Gelsenkirchen das barocke alte Rathaus und später auch der Bahnhof in der Innenstadt, der war einer der schönsten im ganzen Ruhrgebiet. Aber hier sieht es doch ganz schnuckelig aus", bemerkt sie mit einem Blick auf die alten Häuser entlang der Wermingser Straße.

„Leider hat sich hier auch viel verändert, es sind hauptsächlich Filialisten, die sich die Ladenmieten noch leisten können. Ob das Internet auch eine Rolle spielt, weiß ich nicht, aber früher war es hier bunter, vielfältiger, ich denke nur an *Sondermann*. Von den Kneipen und dem alten Kino ganz zu schweigen. Und manchmal habe ich Zweifel, ob es tatsächlich noch eine Fußgängerzone ist."

„Du meinst, wegen der Fahrradfahrer und der Leute mit E-Scooter?"

„Ja", nickte Lars, „manchmal komme ich mir vor wie eine Slalomstange, die man möglichst schnell und mit wenig Abstand umrundet. Und hier drüben", zeigte er auf den Eingang des 1A-Centers, „war auch schon bedeutend mehr los, und zwar auf zwei Etagen, damals noch mit einem verglasten Übergang zu Karstadt."

„Das ist lange her, Lars, willkommen in der Gegenwart. Möchtest du dir noch etwas zu Essen ins Präsidium mitnehmen? Fressbuden gibt es mehr als genug."

„Nein, danke. Ich bin gespannt, was in dem Paket ist, das Frau Wiemer uns geschickt hat."

„Und ob es uns endlich weiterbringen kann."

„Ich habe dir welche deiner liebsten Zigarren mitgebracht, Opa Theodor, bitte sehr." Cäcilie überreichte ihm die Holzbox mit den zehn Cohibas und genoss das Lächeln des alten Mannes. Zigarren waren ein sicheres Geschenk.

„Das hast du früher auch schon gemacht, und je teurer sie waren, umso größer war dein Wunsch, den du hattest. Setz dich bitte, möchtest du einen Cognac?"

Sie lehnte ab und nahm in dem altenglischen Ohrensessel Platz, der seinem gegenüberstand. „Mein Wunsch ist sehr bescheiden, und ich bitte dich um nichts. Ich möchte, dass in unserer Familie wieder Friede herrscht, keine Wut und kein Neid. Aus diesem Grund bin ich heute bei dir."

„Du weißt, dass dieser Friede, wie du sagst, seit langer Zeit nur eine Maskerade war. Eigentlich schon zu dem Zeitpunkt, als deine Brüder ihr Studium abschlossen, Norbert als Betriebswirt und Reinhart als Jurist. Beide setzten ihr Wissen, ihr

Können zum Wohl der Firma, unseres Unternehmens, ein. Und zu ihrem eigenen Erfolg. Die Nachfolgefrage würde sich stellen, wann es so weit sein würde. Sie lag allein bei Sebastian, meinem Sohn und deinem Vater. Nun, jetzt ist es entschieden, Norbert wird die Familientradition fortsetzen." Mit geschlossenen Augen und ruhiger Hand nahm er einen Schluck aus dem großen Cognacschwenker und behielt das Glas danach in der Hand. „Ich weiß, dass die Entscheidung schnell fiel, schnell und für manche überraschend. Aber sie ist richtig und musste so fallen."

„Warum musste sie das? Es wäre möglich gewesen, dass sie gemeinsam die Leitung des Konzerns übernehmen."

„Du weißt, dass ich von solchen unklaren Entscheidungen nichts halte. Einer muss entscheiden, die Verantwortung übernehmen, das war seit der Gründung in den dreißiger Jahren so."

Cäcilie schwieg einen Moment, sie kannte seine Vorstellungen von Führung. „Dennoch, Reinhart war sicher, dass er der Nachfolger sein würde. Alle Signale, die mein Vater gesendet hat, gingen in diese Richtung. Er hat nicht einmal angedeutet, dass es anders sein könnte, Reinhart war überzeugt davon, und auch die Mitarbeiter im Betrieb. Dann diese Wendung auf der offenen Bühne, mit einem Norbert, der die Entscheidung offenbar kannte."

„Wir haben ihn kurz zuvor informiert, das sagte ich schon. Reinhart haben wir nicht erreicht, wir hätten ihm diesen Moment gern erspart, bitte glaube mir."

„Du sagst wir, ich bin davon ausgegangen, dass mein Vater diese Entscheidung allein getroffen hat. Du bist schon lange nicht mehr im operativen Geschäft, warum hast du dann gemeinsam mit meinem Vater entschieden?"

„Deine Überraschung nehme ich dir nicht ab, Cäcilie. Du weißt, dass ich mich um das Unternehmen, um mein Unternehmen, kümmern werde, solange es mir möglich ist. Mein ganzes

Leben habe ich dafür und für unsere Familie gearbeitet, und es war bestimmt nicht immer einfach. Mehrfach war unser Unternehmen bedroht, finanziell und strukturell. Aber es ist nicht einfach unsere Firma, Cäcilie, es ist unser Leben, unsere Familie. Leider gab es immer wieder Gründe, Entscheidungen zu treffen, die nicht allen recht waren. Manchmal war es nötig, Menschen vor Entschlüsse zu stellen, die ihnen nicht passten. So ist es auch jetzt. Und es gab gute Gründe, die Entscheidung zugunsten von Norbert zu fällen. Sie liegen nicht in seiner Kompetenz und nur zu einem Teil in seiner Person. Manche sagen, es hätte mit dem derzeitigen Rechtsstreit mit diesem Kunden zu tun, mit den Ermittlungen der Polizei. Das ist lächerlich, das ist Alltag."

„Hilf mir, es zu verstehen. Er ist sehr gut vernetzt und hatte keinen Grund, an seiner Nachfolge zu zweifeln."

„Ich habe dir alles gesagt, Cäcilie."

Er würde ihr den Grund nicht sagen, den Grund, den sie ohnehin schon kannte. „Mag sein, trotzdem möchte ich, dass es in der Familie keinen Riss gibt. Reinhart wird sehr wahrscheinlich das Angebot, in die Geschäftsleitung von *Sauerland Steel* zu wechseln, annehmen, und damit wäre die Familie gespalten."

„Nein, so weit wird er nicht gehen. Er wird seine Enttäuschung verdrängen und zurückkommen. Wir werden ihm weitreichende Kompetenzen einräumen und das auch mit Norbert besprechen."

„Er wird es machen, das weiß ich. Und deshalb mache ich dir einen Vorschlag, zum Wohle der Firma und der Familie."

„Du machst mich neugierig, Cäcilie, worum geht es?"

„Du machst Fortschritte, Sabrina, das freut mich. Hast du noch Schmerzen?"

„Weniger, nicht mehr so stark, ich brauche kaum noch Ibuprofen. Ich denke, dass ich in den nächsten zwei, drei Tagen versuchen werde, das Haus zu verlassen, mal wieder ein paar Schritte auf der Straße zu machen. Max wird das nicht gefallen, wenn ich wieder mobiler bin", lächelte sie ihren schwarzen Kater mit der weißen Nase an, der sich an ihre Beine schmiegte.

„Kann ich mir vorstellen, so eine rund um die Uhr-Beschmusung ist natürlich der Katzentraum schlechthin."

„Ja, er genießt es sehr, dass sein Personal ständig zur Verfügung steht. Was macht dein Fall, seid ihr weitergekommen?"

„Nur sehr mäßig", stöhnte Lars, als er sich mit einem Glas Wein in der Hand auf das Sofa sinken ließ. „Wir haben viel Zeit im Stadtarchiv verbracht und das Material unseres zweiten Opfers, Hans Wiemer, gesichtet. Es ist erstaunlich, wie sehr sich dieser Mann in die Materie eingearbeitet hat, das bestätigte auch der Archivar. Für jemanden, der aus einem völlig anderen beruflichen Bereich kommt, eine beachtliche Leistung."

„Es könnte aber auch genau die Sorgfalt und Verbissenheit dazu nötig gewesen sein, die er in seinem technischen Beruf an den Tag gelegt hat. Habt ihr in seiner Arbeit, in seiner Forschung, etwas gefunden, dass euch bei den Ermittlungen helfen kann?"

„Nein, leider nicht, und das macht sehr müde. Wir müssen davon ausgehen, dass der Täter seine Opfer aus Hass umgebracht hat, diese Menschen einfach beseitigen wollte."

„Das könnte er auch schaffen, aber er würde niemals die Umstände beseitigen können, die diese Menschen in ihre Lage gebracht haben, soziale, psychische Ursachen. Sie wiederholen sich, jeden Tag, und es werden leider andere Menschen an ihre Stelle treten, das muss ihm doch klar sein."

„Wenn er so weit denkt, denken will. Hass erweitert nicht gerade den Horizont, und unser Hauptverdächtiger, Jens Wagner, gibt offen zu, dass er diese Typen, wie er sie nennt, weghaben will. Aber wir haben nicht den geringsten Beweis gegen ihn, nichts."

„Und die Menschen leiden unter ihrer Angst, die diese Willkür auslöst. Jeder kann der Nächste sein, einfach so, ohne Grund."

„Morgen machen wir weiter, seine Ex-Frau hat uns noch einen Karton mit Material geschickt, keine Ahnung, was drin ist. Heimatforschung ist sicher wichtig, aber ich kann den alten Kram so langsam nicht mehr sehen. Außerdem muss ich dich enttäuschen", sagte er nach einem Schluck Wein, „mir ist nichts Gutes zum Essen eingefallen und ich kam auch nicht wirklich zum Nachdenken. Deshalb kann ich dir heute Abend nur ein knuspriges Hähnchen aus dem Bratschlauch und Pommes dazu bieten."

„Habe ich dir schon gesagt, dass ich Hähnchen mit Pommes liebe?", lachte Sabrina. „Und wenn du so weitermachst, verlerne ich das Kochen komplett. Soll ich dir noch einen Salat dazu machen?"

„Bloß nicht, das wäre eine Beleidigung für das Huhn, Wein reicht mir."

Miriam ging mit einem zufriedenen Lächeln vom Rasen des Museums zurück zu ihrem Büro. Es war ein warmer Spätsommertag mit einer friedlichen Stimmung, die die schrecklichen Dinge der vergangenen Tage für kurze Zeit überdeckte. Die Kundgebung war ein Erfolg, das Interesse der Medien groß, auch der Bürgermeister hatte sich gezwungen gesehen, vor Ort zu erscheinen. Dass er nur sehr reserviert empfangen wurde, war ihm ohne Zweifel nicht entgangen. Sie betrat die alte Fabrik durch den rückwärtigen Eingang, schloss ihr Büro auf und sah auf die Liste der eingegangenen Mails, als ihr Telefon schellte.

„Ich habe gesehen, dass du zurückgekommen bist, hast du einen Moment Zeit?"

„Klar, komm rüber, Winston."

Der betrat kurz danach ihr Büro und setzte sich vor den Schreibtisch. „Ich muss dir etwas beichten, Miriam."

„Oh, ich wusste gar nicht, dass wir in unserem Beziehungsstatus schon so weit sind, dass du mir etwas beichten muss", lachte sie, „um was geht es denn, ist es wirklich so ernst?"

Winston nickte leicht. „Es könnte sein, das weiß ich noch nicht. Neben der Verwaltung und Organisation der Fabrik arbeite ich gelegentlich weiterhin als Detektiv, wie du vielleicht weißt."

„Ja, ich habe davon gehört. Aber was hat das mit mir zu tun?"

„Ich habe einen Auftrag bekommen, einen anonymen Auftrag, der sehr gut bezahlt wurde. Es ging dabei um die Ermittlung einer Person, die sich hinter einer Mail-Adresse verbirgt, einer verschlüsselten Adresse."

„Und? Kann man das herausfinden?"

„Mit Hilfe eines cleveren Spezialisten, ja, und der Mann hat gut gearbeitet. Mein Auftraggeber hat mir nicht verraten, warum er viel Geld für diese Information ausgibt und auch nicht, was der Grund dafür ist. Wie immer habe ich Verschwiegenheit zugesichert, ein Grundsatz, den ich noch nie gebrochen habe."

„Was sich jetzt ändert, ist es das, was du mir sagen willst?"

„Ja, und ich habe einen guten Grund dafür", beugte er sich vor. „Es ist dein Name, den er hinter der anonymisierten Mail-Adresse gefunden hat, und ich weiß nicht, warum du sie benutzt hast. Auch das hätte mein IT-Spezialist herausfinden können, aber das wollte ich nicht. Ich werde nur das Gefühl nicht los, dass es für dich eine Gefahr bedeuten könnte. Mach mit dieser Information, was du möchtest, aber der, dem du

geschrieben hast, kennt dich jetzt. Und es war ihm viel wert."
Winston stand auf und verließ das Büro. Zurück blieb Miriam
mit einem geplatzten Traum.

Mein Gott, was hatte er erschaffen? Einen mächtigen Konzern aufgebaut, zusammen mit seinem Vater, mit seiner Frau, sie waren eine wirtschaftliche Macht, im Märkischen Kreis, in Nordrhein-Westfalen, in Deutschland, mit Verbindungen in die ganze Welt. Sein Wort, seine Meinung hatte Bedeutung, in der Wirtschaft und in der Politik. Wenn er anrief, kamen sie, wenn er mit Arbeitsplätzen lockte, kamen sie noch schneller und brachten Subventionen mit. War das alles in Gefahr? Durch ihn, seine Familie, seine Söhne? Seinen Vater? Welche Verbindungen hatten sich gebildet, welche Intrigen? Norbert gegen Reinhart, Theodor gegen ihn, Norbert mit Theodor gegen ihn, Reinhart, gefallen gelassen von Theodor, orchestriert von Cäcilie? Hatte er die Kontrolle verloren, war die Ankündigung seines Rückzugs ein großer Fehler, der Beginn, die Spitze der Intrigen, der Kämpfe, der Streitereien gewesen? Welche Möglichkeiten gab es noch, wie konnte er um sein Lebenswerk kämpfen? Cäcilie hatte mit Theodor gesprochen, und der hatte ihm einen Rat gegeben. Einen Rat, wie er ihn gelegentlich von ihm bekam, schon als kleiner Junge. Nie hatte er ihm etwas befohlen, auch damals nicht. Er wusste, dass es besser war, seine Ratschläge zu befolgen. Auch dieses Mal? Seine Zweifel waren groß. Was wusste Cäcilie? Und von wem? Es sind zu viele, die davon wissen, darin lag eine große Gefahr. Sein ganzes Leben hatte er gegen Gefahren gekämpft, und das würde er auch dieses Mal tun. Zum letzten Mal.

Miriam Marsberger verließ ihre Wohnung wie so oft sehr früh am Morgen. Geschlafen hatte sie kaum, zu viele Gedanken kreisten, ließen sie nicht zur Ruhe kommen. Winston hatte von einer möglichen Gefahr gesprochen, wie groß konnte die sein? War es eine Gefahr für ihren Job? War es eine Gefahr für ihr Leben? Das wäre der schlimmste Fall, aber, so merkwürdig ihr es schien, es war nicht die schlimmste Angst, die sie hatte. Es war die Angst um ihren Traum, ihr sozio-kulturelles Zentrum, die sie beherrschte. Als Sozialpädagogin war es ihre Aufgabe, Menschen auch mit unangenehmen Wahrheiten zu konfrontieren, sie zu formulieren, greifbar zu machen. Und so konnte sie nicht anders als sich einzugestehen, dass der Verlust ihres Traumes keine Gefahr war, der Verlust war Realität. Ihr Geldfluss, das Wissen, das sie verkauft hatte, würde Vergangenheit sein. Ihre Zukunft bestand in ihrem jetzigen Job, den sie so gerne hinter sich gelassen hätte.

Sie schloss die Augen, legte den Kopf in den Nacken und versuchte, den schönen Morgen zu genießen, die milde Luft, die Ruhe, bevor die Stadt erwachte, den Gesang der Vögel, vor allem das sehr melodische Zwitschern der Amseln und Mönchsgrasmücken. Was konnte sie tun? Die Dinge auf sich zukommen lassen? Nein, das war nicht ihre Art. Sie würde mit Winston sprechen, ihm hatte sie die Warnung vor der Gefahr zu verdanken. Er hätte es nicht tun müssen, ja, gar nicht tun dürfen, er hatte seine Verschwiegenheit verletzt. Sie atmete noch einmal tief ein, dann setzte sie ihren Weg fort, vom Museum zur Bauernkirche. Plötzlich überraschte sie dieses Gefühl, das Gefühl, nicht allein zu sein. Sie sah sich um, wissend, dass niemand da war, sie war allein auf dem Platz. Sie ging am Kirchturm vorbei und sah sich noch einmal um. Der stechende Schmerz fuhr ihr in die Schulter, so dass sie aufschrie und sich zur Seite krümmte. Aus dem Augenwinkel sah sie den Mann, der seinen Arm hob, der etwas in der Hand hatte und sie schlagen wollte, das reglose Gesicht, den massigen Körper.

Instinktiv riss sie ihre Umhängetasche von der Schulter und schleuderte sie zu dem Angreifer, hörte ihn stöhnen und sah, wie er beide Hände vor das Gesicht hielt. Miriam lief los, weg von der Kirche, mit der Angst, dass ihr Laptop bei dem Schlag beschädigt worden war, sah das Paar mit dem kleinen Kind, das sich dem Spielplatz näherte und schrie um Hilfe.

Als sie aufwachte, saß sie auf dem Boden und wusste nicht, wie sie dorthin gekommen war, hielt sich ihre linke Schulter, auf der ein blutgetränktes Tuch lag und hörte eine Sirene, die sich näherte. Der Mann und die Frau sprachen beruhigend auf sie ein. Was sie sagten, nahm sie nicht wahr, hörte erst den Sanitäter, der sie fragte, was geschehen war und ihre Schulter untersuchte, sie anschließend am Rettungswagen einem Kollegen übergab, der sie hinlegte und festschnallte, spürte das Schütteln des Krankenwagens, der die Straße zum Kreisverkehr hochfuhr und kurz danach vor dem Seiteneingang des Krankenhauses hielt. Nein, sie wollte nicht mit der Polizei sprechen, sie wollte nur schnell wieder raus. Sie musste mit Winston sprechen.

„... lege ich die Leitung der Geschäftsführung ab sofort und bis zur vollständigen Genesung meines Sohnes Norbert von I-seren in die Hände meiner Tochter, Cäcilie von Iseren."

Zufrieden lächelnd legte sie die von ihrem Vater unterschriebene Pressemitteilung auf ihren Schreibtisch. Sie war am Ziel. Vorläufig. Reinhart war in die Leitung von *Sauerland Steel* eingestiegen, zum Schein und für wenige Monate. So hatten sie es verhandelt. Norbert würde genesen zurückkehren, als gleichberechtigter Partner von Reinhart und mit verdoppelten Bezügen, so war die Absprache. Ihre Brüder hatten zugestimmt, ihr Vater auch und vor allem Theodor. Nichts von dem würde eintreffen, aber das brauchten sie nicht zu wissen, keiner von ihnen. Noch nicht.

8

„Ich glaube, die weiß gar nicht, was sie all die Jahre in der Ecke liegen hatte. Dieses Material, das Hans Wiemer zusammengetragen hat, ist das reinste Dynamit. Und möglicherweise ein Mordmotiv. Das, was in Iserlohn während des Zweiten Weltkrieges geschehen ist. Verbrechen, die verübt wurden, die bislang nicht belegt sind."

„Ja, in seinem Fall", ließ Julia die Akte zurück in den Karton gleiten, „aber nicht für die beiden anderen, dort fehlt uns weiterhin jeder Punkt, an dem wir suchen könnten."

„Stimmt ja", ärgerte sich Lars darüber, dass Julia seine Euphorie verscheucht hatte, „aber es ist ein Packende, ein mögliches", schränkte er ein. „Was ich mich frage ist, warum dieser wache und akribische Geist so lange in dieser psychiatrischen Klinik war, mit welcher Diagnose?"

„Immerhin mehrere Jahre, und seine ehemalige Frau vermutete als Ursache seinen Alkoholkonsum. Aber das glaube ich nicht, bei dieser Erkrankung sind eine Entgiftung und eine anschließende Therapie üblich, und die verläuft in den meisten Fällen ambulant."

„Du hast recht, da steckt etwas anderes dahinter. Wir sollten seine Ex-Frau darum bitten, dem behandelnden Arzt zu erlauben, uns Auskunft über Hans Wiemer und dessen Erkrankung zu geben."

„Ich nehme nicht an, dass sie etwas dagegen hat, ich schreibe ihr sofort eine Mail." Julia beugte sich vor und tippte den Text ein, mit fliegenden Fingern. Sie beherrschte das Schreiben mit zehn Fingern, während Lars auch nach vielen Jahren noch mit beiden Zeigefingern tippte. Ziemlich flott, wie er stolz betonte, aber weit von Julias Geschwindigkeit entfernt. Und es schwebte wieder dieser herrliche Geruch ihres Parfums über den Schreibtisch, ein Geruch, für den Lars nicht die passenden Worte fand, den er nicht beschreiben konnte.

„Kannst du, während du auf eine Antwort wartest, auf der Internet-Seite nachschauen, ob du in der Klinik einen Ansprechpartner für uns findest?"

„Habe ich schon, das muss Dr. Feller sein, ich rufe mal im Sekretariat an."

Manchmal machte ihm ihre Geschwindigkeit Angst. Oder zeigte ihm, dass er nicht mehr der Jüngste war, je nachdem.

„In einer guten Stunde könnten wir kommen, es ist ein Termin ausgefallen, und Frau Wiemer hat ihm das Schreiben schon gefaxt."

„Per Fax? Sind die auf Fehmarn genauso fortschrittlich wie bei uns? Lass uns die Zeit nutzen, um uns weiter die alten Unterlagen anzusehen. Neben den Ergebnissen seiner heimatkundlichen Forschung waren doch auch andere Papiere in dem Karton, hast du die schon angesehen?"

„Nein, habe ich noch nicht, ich habe sie erst einmal zur Seite gelegt. Es sind Briefe, hier, die Hälfte für dich." Sie schob ihm einen Stapel vergilbter Briefumschläge zu. „Mein Gott, wie traurig", sagte sie, nachdem sie die ersten betrachtet hatte, „es sind alles Briefe an seine Ex-Frau, und die hat sie nicht einmal geöffnet. Nur in den Karton gelegt, wie grausam."

Julia war plötzlich sehr betroffen und nachdenklich, schien die Briefe nicht weiter öffnen zu wollen oder zu können, als ob sie Angst hätte, in ein längst vergangenes, sehr privates Leben einzutauchen.

„Lass mich das machen, erst einmal nur ein paar, die anderen schaue ich mir an, wenn wir zurück sind."

„Danke", lächelte sie erleichtert, „dann hole ich uns noch etwas vom Bäcker."

Eine dreiviertel Stunde später fuhren sie los.

„Wo müssen wir hin?"

„Stimmt, du warst ja noch nie dort", antwortete Lars lächelnd, als er ihr den Kopf zuwandte, „dann hätte ich fahren können. Manchmal vergesse ich, dass du erst kurze Zeit in Iserlohn bist."

„War das jetzt so eine Art Kompliment?"

„Ja, war es, und jetzt hör auf mit diesem Augenaufschlag und fahr los. Wir müssen Richtung Ihmert, das ist ganz einfach, die Straße geradeaus und wenn wir in Hemer sind, biegen wir in einer S-Kurve rechts ab und diese Straße immer geradeaus. Aber Vorsicht, die Strecke ist grottenschlecht, Schlagloch an Schlagloch, und jedes Jahr werden es mehr."

„Alles klar, ich werde aufpassen, dass dem Steuerzahler durch neue Stoßdämpfer keine unnötigen Kosten entstehen. Und du sagst rechtzeitig, wann ich abbiegen muss."

„Ist wirklich einfach zu finden. Übrigens habe ich manche der Briefe geöffnet und gelesen. Der Mann hat wirklich alles versucht, sein bürgerliches Leben und seine Ehe wiederzubekommen oder zu retten. Dadurch, dass seine Frau die Briefe nicht einmal geöffnet hat, ist bei mir viel von der Sympathie, die ich für sie hatte, verschwunden."

„Es ist schwer, das im Nachhinein zu beurteilen. Vielleicht hat sie ihm mehrmals unmissverständlich gesagt, dass sie nicht mehr mit ihm leben will, das wissen wir nicht, das und vieles andere nicht. Aber, ja, ich habe mich auch über die vielen ungeöffneten Briefe gewundert."

„Manche von ihnen hat er aus der Klinik geschrieben, es war sehr interessant und ich werde gleich bei dem Gespräch den Arzt dazu befragen. So, und in dieser Kurve musst du rechts ab, und wenn wir wieder auf der Hauptstraße sind, einfach geradeaus. Ja, genau so. Siehst du die alte Villa dort auf der linken Seite? Dort hat eine gute Freundin von mir gewohnt, mit der ich viele Jahre engen Kontakt hatte."

Julia sah hinüber zu dem schönen alten Bau, der durch einen Grünstreifen und eine breite Auffahrt von der Straße getrennt war. „Sehr schön, aber wenig Sonne. Wart ihr beiden zusammen?"

„Nein, da war nichts, wir haben uns nur sehr gut verstanden. Leider ist sie schon verstorben, ich habe es aus der Zeitung erfahren, das war wie ein Schlag in die Magengrube." Der Rest der Fahrt verlief schweigend, bis Lars ihr zeigte, wo sie abbiegen musste. Durch ein Wohngebiet und eine leicht geschwungene Straße ging es zu dem Klinikgelände.

„So groß hätte ich es mir nicht vorgestellt, das Gelände ist ja riesig."

„Ja, die Gebäude und die Anlage sind mehr als großzügig. Sehr nett von dem Arzt, dass er uns gleich am Empfang abholen will."

„Schönen guten Tag, Herr Doktor Feller, Krenk von der Kriminalpolizei Iserlohn und das ist meine Kollegin Kriminalhauptkommissarin Hamann."

„Sehr angenehm, kommen Sie bitte mit in mein Büro."

Julia schaut sich den Arzt an, während sie ihm durch die mit Teppich ausgelegten Gänge folgten, eine schlanke, sportliche Figur, etwa eins neunzig groß, dunkle, fast schwarze Haare, in die sich einige graue Strähnen mischen, eine randlose Brille und eine sehr angenehme Stimme.

„Bitte, nehmen Sie Platz", forderte er sie freundlich auf, während er die Tür aufhält. Das Zimmer war funktional eingerichtet und dennoch gemütlich, mit einer Besucherecke, in deren Stühle sie sich um einen runden Tisch setzten. Julia schaute sich diskret um, ein Büro, das nicht so aussieht wie die Zimmer von Ärzten, die sie kennt. Auf seinem Schreibtisch entdeckte sie keine Fotos einer Frau und einer Familie.

„Ich habe mir im Vorfeld die Akte von Hans Wiemer, und es ist tatsächlich noch eine Akte, angesehen." Dabei legte er die dunkelgrüne Kladde, die er bislang in der Hand gehalten hatte, auf den Tisch.

„Meiner Meinung nach ziemlich dünn für einen Mann, der mehr als zwei Jahre hier verbracht hat."

Der Arzt nickte. „Damit haben Sie einen wesentlichen Punkt erfasst, Herr Krenk. Ich habe mich auch darüber gewundert, dass die Dokumentation, sagen wir es vorsichtig, sehr überschaubar ist. Das widerspricht unseren Richtlinien."

„Haben Sie dafür eine mögliche Erklärung?" Julia rückte auf ihrem Stuhl weiter vor und legte ihre Arme auf den Tisch. „Wir möchten Sie nicht in Verlegenheit ihrem Arbeitgeber gegenüber bringen, aber könnten Sie uns sagen, was Sie in der Akte hauptsächlich vermissen?"

„Es ist die Dokumentation der Therapie", runzelte der Arzt die Stirn, „Sie ist so angelegt, dass jederzeit bei einem Wechsel eines Therapeuten ein nahtloser Übergang möglich ist. Das ist in diesem Fall nicht so, und es gab auch nur einen Kollegen, der Herrn Wiemer während seiner Zeit bei uns betreut hat. Eine weitere Besonderheit, zumal der Kollege sich der Behandlung privatversicherter Patienten gewidmet hat."

„Und Wiemer war nur ein kleiner Kassenpatient", lächelte Lars bitter. „Haben Sie für dieses Verhalten eine Erklärung? Oder könnten wir mit dem Arzt sprechen, das würde die Sache vereinfachen."

„Das ist leider nicht möglich", seufzte der Arzt und lehnte sich zurück, „der Kollege hat uns schon vor vielen Jahren verlassen und die Leitung eines anderen Hauses übernommen. Es tut mir leid, dass ich Ihnen nicht weiterhelfen kann."

„Aus welchem Grund war er hier in Behandlung? Schließlich war er nicht freiwillig in ihrem Haus."

„Diagnostiziert wurde eine Psychose mit Wahnvorstellungen, das ist nicht ungewöhnlich und erklärt den langfristigen

Aufenthalt. Da Herr Wiemer nicht mehr lebt, keine Angehörigen hat und seine geschiedene Frau einverstanden ist, habe ich Ihnen eine Kopie der Akte anfertigen lassen, selbstverständlich nur zum internen Gebrauch", hob er mahnend den Zeigefinger.

„Das ist sehr hilfreich und zuvorkommend von Ihnen, herzlichen Dank. Eines noch, er hat während seines Aufenthaltes einige Briefe an seine ehemalige Frau geschrieben, wissen Sie darüber etwas?"

„Nein, das ist privat und wird von uns nicht kontrolliert."

Lars stand auf und gab dem Mann die Hand, dann verließen sie das Büro.

„Hatte er uns den Namen des damaligen Arztes von Hans Wiemer gesagt? Ich habe es ehrlich gesagt nicht mitbekommen."

„Kein Wunder", lächelte Lars, „so, wie du den angehimmelt hast. Nachdem du ihm im Flur auf den Hintern gestarrt und dann sein Büro nach persönlichen Gegenständen abgesucht hast, wundert mich das nicht."

„Aber das stimmt doch gar nicht. Er war nett, ja, aber das ist auch alles."

„Reg dich nicht auf, er sieht gut aus und war charmant. Und außerdem nur etwas älter als du", gab er süffisant zurück.

„Was ihn von bestimmten Kollegen unterscheidet", lächelte Julia spitz, „und jetzt lass mich in Ruhe die Akte lesen, damit wir auf der Suche nach einem Motiv weiterkommen. Falls dieser Mörder überhaupt eins brauchte. Ich hoffe, wir finden einen Hinweis, bevor er erneut zuschlägt. Das ist es, wovor ich Angst habe."

„Miriam, du musst zur Polizei, sofort. Ich komme mit, lass uns gehen." Winston achtete nicht auf ihren Protest. „Es ist besser", erklärte er, als sie mit seinem Auto den Weg zum Präsidium einschlugen, „ich werde ihnen von meinem Auftrag erzählen. Was du ihnen sagst, ist deine Sache, da werde ich mich nicht einmischen." Am Gebäude angekommen, fragten sie sich zu Lars und Julia durch von denen sie wussten, dass sie die Ermittlungen leiteten.

„Guten Tag, Frau Marsberger, was ist denn mit ihnen passiert?" Julia stand auf und sah auf den Verband, nachdem die beiden eingetreten waren.

„Und Sie sind ..."

„Winston Schmidt, ich leite die alte Fabrik an der Oberen Mühle, außerdem arbeite ich noch als Privatdetektiv."

Lars gab ihm die Hand und bat sie, sich zu setzen. „Dann erzählen Sie mal, was vorgefallen ist", forderte er Miriam auf.

„Ich bin heute Morgen spazieren gegangen, am Museum vorbei bis zur Bauernkirche. Dort hatte ich das Gefühl, nicht alleine zu sein, dass mir jemand folgte, aber ich sah niemanden. Dann, aus dem Schatten der Kirche, muss ein Mann auf mich zugesprungen sein, aber zuerst spürte ich nur den Stich, den Schmerz. Instinktiv riss ich meine Tasche von der Schulter und schlug mit ihr nach ihm. Ich muss ihn getroffen haben, denn er hob die Hände vors Gesicht und griff mich nicht weiter an. Dann bin ich gelaufen, am Spielplatz hat mir ein junges Paar mit Kind geholfen. Mein Gott, es fällt mir erst jetzt ein, dass ich sie gar nicht nach ihrem Namen gefragt habe, um mich zu bedanken."

„Das ist in einer solchen Situation mehr als verständlich, aber wir können Ihnen bei der Suche nach den beiden helfen. Waren Sie anschließend im Krankenhaus?"

„Ja, die beiden haben den Notruf gewählt und ich bin mit dem Rettungswagen ins Bethanien gebracht worden. Dort hat man die Verletzung versorgt und mir etwas zur Beruhigung gegeben. Ich glaube, die Aufregung und die Angst, die ich später hatte, waren schlimmer als der Stich", versuchte sie ein Lächeln.

„Was sagten die Ärzte zu der Wunde?"

„Nicht weiter schlimm, nur eine oberflächliche Verletzung. Vielleicht ist der Mann durch die plötzliche Bewegung ins Straucheln geraten und hat mich nicht richtig getroffen, zum Glück."

„Ja, da haben Sie wirklich Glück gehabt", pflichtete ihr Julia bei, „aber für uns ist es ganz wichtig, ob Sie den Mann gesehen haben, ihn beschreiben können."

„Ich habe ihn nur kurz erkennen können, aber beschreiben kann ich ihn. Etwa eins achtzig groß, sehr kräftig, sehr kurze helle Haare, insgesamt eine sehr bullige Gestalt."

Julia und Lars sahen sich an, bevor Julia weiter fragte. „Frau Marsberger, konnten Sie an dem Mann großflächige Tätowierungen erkennen, vor allem an den Unterarmen?"

„Nein", schüttelte Miriam den Kopf, „der Mann hatte keine Tätowierungen, seinen rechten Unterarm und seine Hand konnte ich gut erkennen, da war nichts."

„Schade.", flüsterte Lars.

„Wieso?"

„Weil wir einen Verdächtigen haben, der auch eine bullige Figur hat, leider aber Tätowierungen."

„Und somit jetzt ausscheidet", seufzte Julia. „Allerdings ist es noch nicht klar, ob es sich um den gleichen Täter handelt. Alle drei Opfer wurden mit einem stumpfen Gegenstand erschlagen, ein Messer war bislang nicht im Spiel."

„Ach, und eine Frage haben wir noch, bevor ich Sie bitte, einem Kollegen beim Versuch der Erstellung eines Phantombildes behilflich zu sein. Wir waren gestern zu einem Gespräch in der Hans-Prinzhorn-Klinik. Dort war Hans Wiemer mehr als zwei Jahre stationär untergebracht, und das nicht freiwillig. Warum findet sich darüber nichts in der Akte, die wir von

Ihnen bekommen haben?" Lars beugte sich vor und fixierte Miriam Marsberger, die die Augen niederschlug.

„Davon wusste ich nichts, das hat er mir nie gesagt."

„Und auch sonst niemand, Arbeitsagentur oder Betreuer?"

„Nein, das ist mir neu, und es überrascht mich."

„Und Sie, Herr Schmidt, wollten Sie uns auch noch etwas sagen?"

Winston zupfte seine Weste zurecht und sah Lars an. „Ich habe einen Auftrag bekommen und erledigt. Ich weiß nicht, ob er mit dem Angriff von heute Morgen in Zusammenhang steht. Ich sollte eine anonymisierte Mail-Adresse ermitteln und das ist mir gelungen. Diese Adresse führte zu Frau Marsberger."

„Um was ging es in dieser Mail? Sicher nicht um eine Kleinigkeit, wenn Sie sich die Mühe gemacht haben, ihren Namen zu verbergen."

„Es diente nur der Vertraulichkeit, mehr nicht. Und einen Zusammenhang mit dem Angriff kann ich mir nicht vorstellen. Vielleicht hat mich der Mann verwechselt oder ist durchgedreht, ich weiß es nicht. Und jetzt seien Sie mir nicht böse, wenn ich gehe, die ganze Sache hat mich mehr mitgenommen, als ich dachte."

Lars schloss hinter der Sozialpädagogin und dem Detektiv die Tür. „Die verarscht uns doch schon wieder. Kann sich einen Zusammenhang nicht vorstellen. Die hat eine dienstliche Mail-Adresse, dadurch ist die Vertraulichkeit gesichert. Und im privaten Bereich verwende ich doch keine versteckten Adressen, wenn ich nichts zu verschleiern habe. Und das hat sie, wenn jemand einen Privatdetektiv damit beauftragt, diese Adresse zu entschlüsseln."

„Vielleicht war sie im Dark-Net unterwegs, dort ist das völlig normal."

„Dort ist es auch normal, Waffen und Drogen zu verkaufen. Zumindest haben wir jetzt eine Täterbeschreibung, wenn auch eine sehr vage. Das Bild, sofern es zustande kommt, werden wir veröffentlichen, vielleicht hat doch jemand etwas gesehen."

„Mir ist gestern noch in der Akte von dem Wiemer etwas aufgefallen. Kurz nach der Kündigung seines Arztes, dieses Dr. Steinhart, wurde er entlassen. Und nur der hat seinen Patienten betreut, was sehr ungewöhnlich ist. Er war es auch, der Wiemer mit der Diagnose, die uns Dr. Feller genannt hat, eingewiesen hat."

Lars stützte sich mit den Händen auf Julias Schreibtisch ab und sah sie an. „Und da stellt sich uns welche Frage?"

„Wem Hans Wiemer schwer auf die Füße getreten ist."

„Miriam, er könnte es jederzeit wieder versuchen. Und ich bin mir sicher, dass er das wird. Du bist in Gefahr, in Lebensgefahr." Winston ging vor ihrem Schreibtisch auf und ab, die Hände auf dem Rücken, bis er sich wieder setzte und auf sie einsprach. „Ich weiß, dass dir an deinem Projekt, dem soziokulturellem Zentrum, sehr viel liegt und ich vermute, dass dessen Finanzierung mit der Mail zu tun hat, die du geschrieben hast. Aber ist es dir wirklich so viel wert, dass du dafür dein Leben aufs Spiel setzt? Miriam, worum geht es? Vielleicht kann ich dir helfen, vielleicht kann die Polizei dir helfen. Ich bitte dich, vertraue mir." Erstaunt bemerkte er, dass er sich so in Rage geredet hatte, dass ihm der Schweiß auf die Stirn getreten war. Miriam schwieg, noch. Er sah, wie sie mit sich rang, eine Entscheidung treffen wollte. Sie wirkte unsicher, ein Zustand, den er an ihr nicht kannte. Die sonst so taffe Sozialpädagogin, die selbstbewusst und abgeklärt auch mit den schwierigsten Menschen sprach, wusste nicht weiter. Bis sie die Augen schloss und den Kopf in den Nacken legte.

„Also gut", begann sie, „ja, meine Mail könnte der Grund für das Attentat gewesen sein. Ich habe jemanden erpresst.

Nicht, um mich zu bereichern. Es ging mir immer um das Zentrum, dafür sollte das Geld dienen. Du hast meinen Namen hinter der Mail-Adresse gefunden, damit war der Plan gefährdet, wenn nicht schon erledigt. Und jetzt will ich dir eine Geschichte erzählen, eine Geschichte, die mir Hans Wiemer erzählt hat. Einen Tag, bevor er starb."

9

Renate Wiemer legte den Hörer auf und sah hinaus aufs Wasser. Die Orther Reede lag still vor ihr, leichte Wellen kräuselten sanft diesen ruhigen kleinen Teil der Ostsee. Zwanzig Jahre hatte sie ihn nicht gesehen, zwanzig Jahre in einem neuen, sehr schönen und frohen Leben verbracht, am Meer, in der Natur, mit der Ruhe, die sie so sehr gesucht hatte. Sie hatte ihn vergessen, ihren Mann, und jetzt stand er wieder vor ihrer Tür. Als Leiche.

Sie zog ihre braune Cordjacke an, verließ ihr Haus, diesen alten Backsteinbau und ging hinüber zum Hafen. Die Sonne schien von einem blauen Himmel, keine Wolke zeigte sich, das beste Postkarten-Wetter. Und diesen Anblick genoss sie fast jeden Tag. Am Hafen ging sie über das grobe Kopfsteinpflaster hinüber zu dem ehemaligen Speichergebäude, in dem später ihr Lieblingscafé, das *Piratennest*, viele Jahre ihr Gastgeber war. Leider hatte es wirtschaftliche Schwierigkeiten und die Corona-Pandemie nicht überlebt. Renate sah auf die weißen Schiffe, die im Hafen dümpelten, Radfahrer und Spaziergänger, die über den Deich nach Orth kamen. Sie kannte den Weg sehr gut, war selbst oft vom Hafen bis zum Flügger Leuchtturm gegangen. Ein langer Spaziergang, der die Seele reinigte.

Sie setzte sich an einen kleinen Tisch im *Kap Orth*, einem Bistro direkt am Hafen. Nur ein Fußweg trennte ihren Tisch vom Wasser. Das Gespräch mit der Kommissarin hatte sie auf eine sehr seltsame Art berührt. Iserlohn und ihre Ehe waren Vergangenheit. Sie dachte nicht mehr daran, schon lange nicht. Nicht an diese Zeit und nicht an Hans. Was fühlte sie jetzt, nach diesem Gespräch? War es Mitleid? Erschütterung? Darüber, dass er so tief gestürzt war und sie es nicht wusste, es sie nicht interessierte? Dass er sogar auf der Straße gelebt hatte? Er hatte schon immer gerne etwas getrunken, Bier oder Wein, am Abend, niemals Schnaps. Nicht so viel, dass sie Bedenken hatte, dass er zum Alkoholiker werden konnte. Der Grund für ihre Trennung war, dass sie sich auseinandergelebt hatten, er sich weggelebt hatte, in seine Arbeit und sein Hobby, die Heimatforschung. Die bald mehr wurde als ein Hobby, immer mehr Zeit und Aufmerksamkeit beanspruchte, Aufmerksamkeit, die sie nicht mehr bekam, vermisste. Er, der sich früher so sehr um sie bemüht hatte, bekam es nicht mit, sah sie nicht. Bis sie gegangen war.

Ermordet. Das war das Wort, das sie erschütterte, nicht ihre erkalteten Gefühle. Wer sollte ihn töten, aus welchem Grund? Hans war Konflikten stets aus dem Weg gegangen, eine Eigenschaft, die sie nicht mochte. Als Lehrerin musste sie schlichten, Konflikte unter den Kindern waren an der Tagesordnung. Welchen Grund gab es, diesen harmoniesüchtigen Mann zu töten? Ihm brutal den Schädel einzuschlagen? War es tatsächlich Zufall, wie es die Kommissarin vermutete? Oder war diese Vermutung Ausdruck ihrer Unfähigkeit, ein Motiv zu suchen? Sie nahm einen Schluck von ihrem Milchkaffee und sah auf das Wasser. Konnte der Grund in seiner Arbeit als Ingenieur liegen? Nein, er war ein Einzelgänger, außerdem war es viel zu lange her. Mit welchen Themen hatte er sich als Heimatforscher befasst? Sie erinnerte sich, dass er an manchen Abenden von der wirtschaftlichen Entwicklung Iserlohns sprach, ein Thema, das sie nicht interessierte. Sie mochte die Gegenwart, das Leben. Die Kommissarin hatte gesagt, dass seine Unterlagen aus der Zeit beim städtischen Archiv liegen würden, also mussten sie eine gewisse Bedeutung für die Geschichte der Stadt Iserlohn besitzen. War es tatsächlich das gesamte Material? Sie erinnerte sich, dass sie einmal ein Paket von ihm bekam, direkt nach ihrem Umzug auf Fehmarn. Es war kein Anschreiben dabei und sie hatte es in den Keller gelegt, in irgendein Regal. Sie wollte nichts von ihm lesen und hatte es vergessen. Jetzt, zwanzig Jahre später, wurde sie neugierig. Aber sie konnte es nicht lesen, nicht hier, weil sie das Paket nach Iserlohn, an die Kommissare, geschickt hatte. Sie trank noch einen Schluck Kaffee, bezahlte und ging heim. Morgen würde ein anstrengender Tag.

„Hallo Lars, komm rein." Sabrina öffnete die Tür und gab Lars einen Kuss auf die Wange, als er eintrat.

„Wenn mich meine Nase nicht täuscht, brauche ich heute nichts kochen", bemerkte er und schnupperte in Richtung Küche.

„Ja, ich war so frei und habe uns einen leckeren Auflauf gemacht, dazu Salat, auf den du wieder verzichtest, nehme ich an."

„Da nimmst du richtig an", lächelte er. Sie sah heute frischer aus, erholter, die Augen leuchtender.

„Aber ich glaube nicht, dass du auch auf die Rotweincreme als Nachtisch verzichtest, liege ich richtig?"

„Du hast heute Abend innerhalb einer Minute schon zweimal recht, das ist ja fast unheimlich. Freut mich, dass es dir besser geht, das höre und sehe ich."

„Danke, ja, es ist deutlich besser. Die Krücke habe ich vor zwei Tagen in die Ecke gestellt. Für die Ballettstange reicht es noch nicht, aber ich komme wieder ohne sie klar."

„Wie viel ein positives Gefühl bewirken kann, ich glaube, meine Dienste werden hier nicht mehr benötigt", lächelte er.

„Lars, es war furchtbar lieb, wie du dich um mich gekümmert hast, ich hoffe, ich kann mich eines Tages revanchieren, auf welche Art auch immer. Aber bevor wir essen, wie steht es in deinem Fall? Kommt ihr voran?"

„Nur mühsam. Bei einem der Opfer haben wir ein mögliches Motiv gefunden, bei den beiden anderen nicht. Vielleicht helfen uns weitere Ergebnisse des Heimatforschers, seine Frau hat sie noch gefunden und sie uns geschickt. Außerdem gab es einen Angriff auf die Sozialpädagogin, die die Leute von der Haltestelle betreut, sie wurde mit einem Messer verletzt."

„Diese Miriam Marsberger? Was hat die denn angreifbar gemacht?" Überrascht sah sie ihn an.

„Auch das wissen wir noch nicht, aber sie lügt uns an, das steht fest. Trotzdem habe ich das Gefühl, dass wir bald den Fall lösen werden. Keine konkreten Anhaltspunkte, eben nur ein Gefühl."

„Das hattest du schon öfter, Lars, und es hat dich nie getrogen, auch nicht bei unserem letzten Fall. Hast du zufällig noch mit Paul gesprochen?"

„Zufällig nicht, absichtlich, ich weiß doch, dass dich der Fall interessiert, du aber gleichzeitig Abstand halten willst. Der Fall hat sich erledigt, dieser Abteilungsleiter hat die beiden Seiten zusammengebracht und eine Lösung gefunden. Die Anzeige ist vom Tisch und die Familie von Iseren scheinbar auch zufrieden."

Sabrina nickte. „Das ist gut, danke für deine Nachfrage."

„Bist du in den vergangenen Tagen mit deinen Bildern weitergekommen?", wechselte Lars das Thema. „So wirklich zufrieden warst du letztens nicht."

„Das hat sich geändert", lachte sie fröhlich, „die Bilder sind fertig und ich glücklich mit ihnen. Sie gefallen mir sehr, möchtest du sie sehen?" Dabei reichte sie ihm ein Glas Rotwein und sie stießen an. „Komm mit, sie stehen noch im Wohnzimmer."

Gemeinsam gingen sie hinüber und Lars sah sich die drei Bilder an.

„Freust du dich gar nicht?"

„Sei nicht enttäuscht, Sabrina, doch, ich freue mich. Ich musste nur daran denken, dass sie auch bedeuten können, dass du dich für sie und gegen deine Laufbahn bei der Polizei entscheidest."

Langsam setzte sich Sabrina auf die Lehne ihres schweren Sessels. „Ich wollte es dir erst später sagen, nach dem Essen. Ja, ich habe mich entschieden, ich werde eine Auszeit nehmen. Wie lange, das weiß ich noch nicht. In wenigen Tagen werde ich wieder zum Dienst erscheinen, dann spreche ich mit Hanno, unserem Vorgesetzten."

„Das ist sicher richtig und gut für dich, und es freut mich, dass du zu einer Entscheidung gekommen bist. Andererseits bin ich natürlich traurig, weil wir uns lange Zeit nicht sehen werden."

„Es ist keine Entscheidung gegen dich, Lars, es ist eine für mich. Ich brauche diese Zeit. Du hast mir dazu geraten, mich erst auf diese Idee gebracht."

Lars seufzte und nahm einen großen Schluck Rotwein. „Ein Grund mehr, dieses Essen zu genießen."

„Jetzt sei nicht enttäuscht, Lars, es ist kein letztes Abendmahl", lächelte sie. „Wir sehen uns wieder."

„Seit ein paar Tagen ist Ruhe, keine weiteren Morde oder Überfälle."

„Ja, und auch die Szene hat sich wieder beruhigt. Es ist schon erstaunlich, wie schnell das gehen kann", wunderte sich Julia. „Sie stehen wieder beisammen, als wäre nichts passiert, quatschen, trinken Bier und lachen. Meinst du wirklich, es ist vorbei?"

„Keine Ahnung, es wäre natürlich schön. Gar nicht schön ist, dass wir bei der Aufklärung keinen Schritt weitergekommen sind. Auch unser Verdächtiger tut so, als wäre nichts gewesen."

„Läuft die Observation noch?"

„Nein, Hanno hat die Leute abgezogen, weil wir zu wenig in der Hand haben und er zu wenig Leute. Und weil wir in seinen Augen zu wenig zu tun haben, hat er uns noch einen anderen Fall aufs Auge gedrückt", seufzte er und schlug eine Mappe auf. „Erinnerst du dich an die Knochen, die vor einiger Zeit von Waldarbeitern in der Iserlohner Heide gefunden wurden?"

„Nur vage, was ist mit denen?"

„Der Bericht der Gerichtsmedizin liegt jetzt vor. Es sind menschliche Knochen, die dort schon sehr lange liegen. Wahrscheinlich seit den vierziger Jahren, alle männlich, es müssen vier oder fünf Personen gewesen sein. Vollständig sind die Skelette nicht, was nach so vielen Jahren im Waldboden kein Wunder ist."

„Vierziger Jahre und alle männlich, da vermute ich doch, dass es Soldaten waren."

„Gut möglich, und wenn dem so ist, dann sind wir die Akte schnell wieder los. Als Erstes müssen wir herausfinden, ob es in dem Gebiet Gefechte gab."

„Dann kann es kein großes gewesen sein, bei nur vier Skeletten. Und wenn die anderen später geborgen und beigesetzt wurden, warum nicht diese vier? Hat man keine Erkennungsmarken gefunden?"

„Nein, nichts dergleichen. Ich mache gleich einen Termin mit dem Leiter des Stadtarchives, vielleicht erfahren wir von ihm mehr. Ich will die Skelette vom Tisch haben."

Renate Wiemer fuhr von der Autobahn runter und suchte sich auf der Raststätte Rhynern eine Lücke für ihr Auto. Es war nicht mehr weit bis Iserlohn, aber sie brauchte eine Pause.

Nacken und Schultern taten ihr weh, außerdem war sie müde. Sie spürte, dass sie lange Fahrten nicht mehr gewohnt war und sie spürte auch, dass ihr vor zwanzig Jahren solche Fahrten nicht so viel ausgemacht hatten. Sie hielt neben einem überquellenden Mülleimer, stieg aus und reckte sich, wippte auf den Zehen und versuchte, das steife Gefühl aus den Knochen zu bekommen. Sie staunte, wie voll es auf dem Platz war, Lkw und Autos. Ferien waren zurzeit nicht, zumindest nicht in Nordrhein-Westfalen. Sie schaute auf die Uhr, zwei Stunden hatte sie noch bis zu ihrem Treffen. Je nachdem, wie lange das Gespräch dauern würde, wollte sie sich noch die Fußgängerzone ansehen und zum Danzturm hochfahren. In den vergangenen zwanzig Jahren würde sich viel verändert haben, leider auch im Wald. Von dem Orkan Kyrill hatte sie Bilder im Fernsehen gesehen und war gespannt, wie es rund um den Danzturm jetzt aussah. Aber so, wie sie sich jetzt fühlte, würde sie nach dem Termin direkt ins Hotel fahren und das Sightseeing auf morgen verschieben. Noch einmal streckte sie sich, nahm einen Schluck Wasser und stieg wieder ein. Es wurde Zeit, ein Kapitel zu schließen.

„Mit dem Tod Ihres Mannes habe ich nichts zu tun, Frau Wiemer." Sebastian von Iseren stand auf und holte sich einen Cognac, auf seinen fragenden Blick bekam er ein Kopfschütteln.

„Ex-Mannes", korrigierte ihn Renate. „Ich denke doch, dass der Grund für seinen Tod in Ihrem Unternehmen zu suchen ist. Schließlich hatte er Material, dass ihre Firma gefährden könnte, den Gründungsmythos zerstören. Es war nicht so, wie es in Ihrer Dokumentation beschrieben wurde, harte Arbeit, perfekte Qualität, dass sie sich trotz wirtschaftlichen und politischen Widerstands durchgesetzt haben. Die Wahrheit, die mein ehemaliger Mann herausgefunden hat, ist eine andere, das wissen Sie."

„Glaubte, herausgefunden zu haben." Sebastian von Iseren drehte sich ihr zu, lächelnd. „Das sind haltlose Behauptungen von einem Mann, der sein Material aus irgendwelchen dubiosen Quellen zusammengesucht hat. Wir hingegen haben einen der renommiertesten Historiker engagiert, der die Geschichte des Unternehmens lückenlos nachgezeichnet hat. Selbstverständlich hat er sich auch mit den Punkten befasst, die sie anbringen. Er hat sie verworfen, zu hundert Prozent. Den Behauptungen ihres Mannes, Entschuldigung, Ex-Mannes, einem zeitweise obdachlosen Alkoholiker, stehen wissenschaftliche Fakten gegenüber. Falls es ihr Plan gewesen war, einen persönlichen Vorteil in Form von Geld aus dieser Geschichte zu ziehen, muss ich Sie enttäuschen, Frau Wiemer. Keinen Cent werden Sie sehen." Er kippte den Cognac mit einem Schluck hinunter und stellte das Glas vor ihr auf dem Tisch ab.

„Der Grund für meinen Besuch ist nicht Geld, Herr von Iseren. Aber diese Vorstellung gibt es in Ihrer Welt scheinbar nicht. Es geht mir einzig allein darum, seinen guten Ruf wiederherzustellen. Falls Sie keinen Beitrag dazu leisten wollen, werde ich einen anderen Weg finden."

„Sparen Sie sich die Mühe, Frau Wiemer. Es wird Ihnen nicht gelingen, nicht gegen uns. Wenn ich Sie also bitten dürfte ...", zeigte er mit ausgestrecktem Arm zur Tür.

Renate Wiemer stand auf und sah dem Mann in die Augen. „Ich hatte damit gerechnet, dass Sie die Chance, die ich Ihnen biete, erkennen und annehmen. Scheinbar habe ich Ihre Urteilsfähigkeit überschätzt. Auf Wiedersehen, Herr von Iseren, Sie hören von mir."

10

„Das ist ja der Hammer. Hier, schau dir das an." Lars schob die alte Akte zu Julia, die sie aufnahm und betrachtete.

„Wenn du sie schon gelesen hast, kannst du mir den Inhalt auch erzählen", forderte sie Lars auf. „Ist das die Akte, die uns seine Ex-Frau kommentarlos überlassen hat?"

„Ja, darin geht es um die Gründung des Konzerns der von Iseren, damals noch ein kleines Unternehmen. Theodor von Iseren war noch ein Jugendlicher, eher ein Junge. Aber er hat kräftig seinem Vater Otto geholfen, das Unternehmen aufzubauen. Es war eine kleine Metallhütte, wie es sie so viele gab und gibt im Märkischen Kreis. Hans Wiemer hat die Entwicklung des Betriebes untersucht und entdeckt, warum diese kleine Hütte plötzlich so stark expandieren konnte."

„Mach es nicht so spannend, Lars, was hat er herausgefunden?"

„Das hier." Lars hielt ihr eine alte Zeitungsseite hin. „Schau mal, das ist Theodor von Iseren mit seinem Vater Otto."

„Ja, das ist sicher historisch, aber was ist daran so interessant?"

„Die Schienen. Sie stehen vor einem Berg von Schienen. Die haben das Unternehmen groß gemacht. Und wofür brauchte man damals so viele Schienen?"

„Lars, komm endlich zum Punkt. Schienen brauchte man damals wie heute für Züge, und es gab Ende der dreißiger, Anfang der vierziger Jahre viel zu transportieren, es war Krieg."

„Ja, es gab viele Transporte, und es gab sehr viele besondere Transporte. Hier, diese Verträge zeigen, dass die saubere Familie von Iseren einen ganz besonderen Service angeboten hat. Es sind Verträge mit dem Reichssicherheitshauptamt. Otto von Iseren lieferte nicht nur die Schienen, er organisierte Transporte, ein Full Service, wie man heute sagen würde. Darin ging es um Deportationen von Gefangenen, hauptsächlich Juden, in die

Vernichtungslager im heutigen Polen. All das hat die Familie geliefert und organisiert, das Material und die Logistik, und die wussten sehr genau, was sie taten. Julia, Hans Wiemer hat der Familie Kriegsverbrechen nachgewiesen, darum geht es."

„Das ist ja ungeheuerlich", stammelte sie, „sind die nach dem Krieg dafür zur Verantwortung gezogen worden?"

„Das weiß ich noch nicht, bei Theodor von Iseren habe ich keinen entsprechenden Eintrag gefunden."

„Die haben doch vor Kurzem mit großem Tamtam eine Dokumentation vorgestellt, das stand in der Zeitung und die *Lokalzeit* hat auch darüber berichtet."

„Stimmt, und die brauchen wir. Los, gehen wir, in die nächste Buchhandlung oder in die Stadtbücherei."

„Gehen wir oder nehmen wir den Wagen?"

„Bis wir dort einen Parkplatz gefunden haben, sind wir zu Fuß schneller." Lars schnappte sich seine Jacke und Julia folgte ihm. Sie verließen das Präsidium und gingen über die Friedrichstraße zur Fußgängerzone, der Wermingser Straße.

„Schon traurig", bemerkte er, „nur ein Buchhändler ist übriggeblieben, ich kann mich daran erinnern, dass es früher drei waren."

„Mit dir durch die Innenstadt zu gehen, macht nicht gerade fröhlich", lachte Julia. „Früher war nicht alles besser."

„Da hast du völlig recht, was man auch daran sieht, was Hans Wiemer recherchiert hatte."

„Aber warum könnte die Geschichte der Firma ein Motiv für einen Mord sein? Je länger ich darüber nachdenke, umso größer werden meine Zweifel, das ist achtzig Jahre her."

„Dann überlege mal, was das für Folgen für den Konzern haben könnte." Lars blieb mitten in der Fußgängerzone stehen. „Ob es für Theodor von Iseren noch strafrechtliche Konsequenzen hätte, glaube ich nicht. Erstens war er damals noch sehr jung und zweitens würden seine Anwälte das Verfahren so in die Länge ziehen, bis er eines natürlichen Todes gestorben ist, der Mann ist schließlich zweiundneunzig. Aber wenn Opferverbände davon erfahren, dass das Unternehmen den Transport und die Deportation von Abertausenden von Menschen in die KZ organisiert hat, Verträge mit dem Reichssicherheitshauptamt hatte, die von Heydrich und Kaltenbrunner unterschrieben wurden, kann es finanziell und moralisch an die Existenz gehen."

„Aber wie kann es sein, dass das bis heute nicht bekannt wurde, dass eines der größten Unternehmen in Nordrhein-Westfalen an diesen Verbrechen beteiligt war?"

„Dafür gibt es sicher viele Gründe, die Abschottung der Familie etwa. Ich denke, der wichtigste Grund war, weil die Menschen vergessen wollten."

„Cäcilie, das kannst du nicht machen, das ist unerhört." Sebastian von Iseren sprang auf, der Kopf hochrot. „Als ich dir die Leitung übertragen habe, hast du von diesem Plan nichts gesagt, warum jetzt?" Mit schnellen Schritten ging er durch das helle, fast weiße Wohnzimmer auf und ab. „Es war unsere Absicht, wieder Frieden in die Familie zu bringen, den Graben zwischen meinen Söhnen zu überbrücken. Was du planst, wird das Gegenteil bewirken, es wird die Familie spalten, endgültig."

Cäcilie lehnte sich zurück und beobachtete ihren Vater. Er war alt geworden, eine solch emotionale Reaktion war sie von ihm nicht gewohnt. Seine Souveränität war es, die sie an ihm bewundert hatte, ihr Leben lang. Er hatte sie verloren, in wenigen Tagen. Er spielte keine Rolle mehr.

„Du weißt, aus welchem Grund Norbert die Leitung übernehmen sollte. Und du weißt, dass er dafür nicht der Richtige ist. Es fehlt ihm an Durchsetzungsvermögen, an der Fähigkeit, strategische Entscheidungen zu treffen, kurz: Er hat keinen

Biss." Cäcilie wartete die Reaktion ihres Vaters ab. Bis vor Kurzem hätte er ihre Entscheidung mit einer Handbewegung vom imaginären Tisch gewischt.

„Dir ist klar, dass du damit auch meine Entscheidung kritisierst. Schließlich war ich es, der ihn zum Geschäftsführer berufen hat."

Statt Entrüstung, einer ärgerlichen Geste oder den zusammengezogenen Augenbrauen, die die höchste Alarmstufe bedeuteten, war es lediglich Unglaube, der sich in seinem Gesicht spiegelte.

„Das will ich keineswegs, das weißt du. Aber du weißt auch, warum deine Wahl auf ihn fiel, den tatsächlichen Grund. Norbert kennt das Geheimnis der von Iseren, und ich nehme an, er hat es gegen dich und Opa in Stellung gebracht." Schweigen. Schweigen begleitet von flachen, schnellen Atemzügen. „Reinhart weiß davon nichts und ich bin sicher, dass er nicht zurückkommen wird. Ihm bieten sich bei *Sauerland Steel* völlig neue Möglichkeiten, ohne den Zwang der Familie." Cäcilie nahm einen kleinen Schluck des milden Cognacs und sah in die Augen ihres Vaters.

„Den Zwang der Familie?" Wieder dieser ungläubige, ja fassungslose Ausdruck auf seinem Gesicht. „Du hast unsere Fürsorge als Zwang empfunden? Du und Reinhart? Die Möglichkeiten, die wir euch gegeben haben, die Freiheiten, die Macht, die ihr hattet, die ihr habt? Das ist kein Zwang, Cäcilie, das ist Freiheit."

„Ich habe ihm nicht widersprochen, als wir gestern telefoniert haben. Gleich morgen werde ich mit Norbert sprechen und ich bin sicher, er stimmt mir zu. Wir werden eine andere Verwendung für ihn im Unternehmen finden, eine Position, die ihm vielfältige Möglichkeiten bietet."

„Cäcilie, ich bitte dich, du kannst deinen Bruder nicht so demütigen. Er hat viel mehr Erfahrung und Verbindungen im Unternehmen, das weißt du."

Wieder dieser flehentliche Ton ihres Vaters, der ihr Vorbild gewesen war, viele Jahre. Sie trank den Cognac mit einem Schluck aus und stand auf. „Übrigens werde ich ab nächstem Monat in dein ehemaliges Büro ziehen, es wird meinen Wünschen entsprechend umgebaut. Auf Wiedersehen, Vater, und schlaf gut."

„Habe ich dich gestern am Seilersee fröhlich lachend mit diesem Doktor Feller gesehen?" Lars lächelte und kniff ein Auge zu, als er Julia fragte.

„Das war rein dienstlich, lieber Lars, das war rein dienstlich."

„Du bist eine sehr charmante Lügnerin, Julia. Was haben deine Recherchen denn ergeben? Oder hat er erst gestanden, als du seine Hand gehalten hast?"

„Er hat mir von diesem Doktor Steinhart erzählt. Der hatte wohl eine sehr autoritäre Führung und war im Haus nicht beliebt. Außerdem pflegte er einen aufwändigen Lebensstil, mit einer großen Villa und einer eigenen Yacht. Selbst für einen gut bezahlten Chefarzt sei das auffällig gewesen."

„Und während du mit einem zugegeben gutaussehenden Mediziner flirtest, habe ich mir gestern noch einmal diesen Jens Wagner vorgeknöpft. Nach der Täterbeschreibung, die uns die Marsberger gegeben hat, scheidet er für den Anschlag auf sie definitiv aus. Aber scheinbar will er Pluspunkte sammeln und hat mir den Tipp gegeben, mit der Phantomzeichnung in das Fitness-Studio zu gehen, in dem er trainiert. Da liefe ein Typ rum, der so aussehe."

„Immerhin ist es einen Versuch wert, auch wenn dort viele so oder ähnlich aussehen. Sollen wir die Marsberger unter Schutz stellen? Es wäre möglich, dass es der Täter nochmal versucht."

„Sie hat nicht darum gebeten, außerdem würde sie sich zuhause verkriechen. Das sagte zumindest der Privatdetektiv, dieser Winston Schmidt. Er hat angerufen und um ein Treffen gebeten, ich fahre nachher zu ihm, in die alte Fabrik, die wollte ich mir ohnehin mal ansehen."

„Wir konzentrieren uns bei der Suche nach dem Täter und einem Motiv sehr auf Hans Wiemer. Von den anderen beiden, Werner Gadberg und Karl Cordes, wissen wir so gut wie nichts."

„Weil sie so gut wie nichts hergeben", seufzte Lars. „Beide haben keine Familie, sind schon sehr lange aus dem Berufsleben ausgeschieden und leben auf der Straße. Die Akten, die wir gesehen haben, zeigen, dass sich beide nicht mehr aktiv bemüht haben, ins sogenannte bürgerliche Leben zurückzukommen. Ganz im Gegensatz zu Hans Wiemer."

„Also gehen wir von Willkür aus."

Lars nickte. „Ja, wir haben nur die Vergangenheit des Heimatforschers. Und eine mögliche Verstrickung des Konzerns mit dem Dritten Reich."

„Nichts. Kein Wort über die braune Vergangenheit." Lars ließ die in Leder gebundene Dokumentation auf den Schreibtisch fallen. „Und für diese Lobhudelei nehmen die auch noch sechzig Euro."

„Immerhin hast du einen Buchhändler glücklich gemacht", lachte Julia, „so, wie der guckte, als du den Schinken zur Kasse gebracht hast, hat der scheinbar nie damit gerechnet, das Dingen verkaufen zu können."

„Und ein nobler Professor von der Universität hat diese Beweihräucherung auch noch wissenschaftlich abgesegnet."

„Mit Sicherheit für ein ordentliches Honorar. Alle stehen sauber da, nur ein kleiner Heimatforscher nicht. Dessen Existenz wurde zerstört und er später ermordet."

„Wir müssen uns das Unternehmen näher ansehen. Es muss einen Grund geben, warum ausgerechnet jetzt die braune Vergangenheit ans Licht kommt. Wir sollten uns mit den Kollegen von der Wirtschaft unterhalten, vielleicht kennen die ein paar Hintergründe."

„Ja, lass uns einfach rübergehen, es könnte interessant werden."

„Das ist er. Die Beschreibung der Marsberger passt, mal hören, was er zu sagen hat."

„Guten Morgen, Herr Wegener, Julia Hamann und Lars Krenk von der Iserlohner Kriminalpolizei." Sie hielten dem Mann ihre Ausweise vor. „Wir möchten Sie sprechen, könnten wir bitte in diese Ruhezone gehen?" Julia zeigte auf die Sitzgruppe vor der verglasten Wand. Der kräftige Mann folgte ihnen, ohne zu antworten.

„Sie sind Max Wegener, fünfunddreißig Jahre alt und wohnen in Iserlohn, ist das richtig?"

Der Mann nickte.

„Haben Sie gestern Morgen die Sozialpädagogin Miriam Marsberger mit einem Messer angegriffen?"

„Ich kenne keine Frau mit diesem Namen, und ich habe auch niemanden angegriffen."

„Aber Sie haben von den drei Morden im Iserlohner Süden gehört."

„Ja, ich lese Zeitung, deshalb weiß ich davon", bestätigte er tonlos.

„Wo waren Sie an diesen drei Tagen zu diesen Zeiten, an denen die Morde geschahen?" Julia zog einen Zettel aus der Jacke und hielt es ihm hin. Der leicht übergewichtige Mann nahm das

Papier und hielt es mit seinen kräftigen und gepflegten Händen.

„Entweder hier im Studio oder auf der Arbeit, wie immer."

„Gibt es dafür Zeugen?" Lars war durch die gleichgültige Art des Mannes genervt. Die meisten Menschen reagierten anders, ängstlicher, wenn man sie zu einem Tatvorwurf, speziell zu einem Mord, befragte.

„Sicher, die Leute hier und die in der Firma. Allerdings bin ich auch viel im Außendienst."

„Wo arbeiten Sie und was?"

„Ich arbeite in einer Logistikfirma und kümmere mich dort um Transporte und die Organisation. Deshalb bin ich viel unterwegs."

„Herr Wegener, wir werden ihre Angaben überprüfen. Bis dahin möchten wir, dass Sie uns begleiten und im Gewahrsam bleiben."

„Bin ich jetzt festgenommen?"

„Nur vorläufig, bis wir ihre Daten überprüft haben. Sie werden genug Gelegenheit haben, sich zu erinnern, wo Sie an diesen Tagen und Uhrzeiten waren. Sollten sich die Angaben bestätigen, können Sie gehen. Bitte nehmen Sie ihre Sporttasche und folgen uns."

Auch dieser Aufforderung kam der Mann ohne eine Frage oder einer Gefühlsregung nach.

„Irgendetwas stimmt mit diesem Kerl nicht, so ein Verhalten habe ich noch nicht erlebt", wunderte sich Julia.

„Stimmt, er reagiert, als ginge ihn das gar nichts an, als würde er die Vorwürfe nicht verstehen."

„Ich denke schon, dass er sie versteht, aber sie scheinen ihn nicht zu interessieren, auch nicht die möglichen Folgen für ihn. Und die könnten mehr als gravierend sein."

„Lass uns zu der Firma fahren, bei der er arbeitet. Vielleicht können seine Kollegen seine Angaben bestätigen."

„Übrigens ist die Firma durchaus interessant. Sie ist selbstständig, gehört zu keinem Verbund. Vor zwei Jahren wurde sie verkauft, von dem bisherigen Eigentümer."

„Mach es nicht so spannend, wer war es?"

„Die *VS Logistic*", lächelte Lars, „ein Tochterunternehmen des von Iseren-Konzern."

„Guten Abend, Herr Schmidt. Das ist ja ein gewaltiger Komplex, um den sie sich kümmern."

„Ja, über zu wenig Arbeit kann ich mich nicht beschweren, nur über zu wenig Hilfe. Nehmen Sie Platz, Herr Krenk, schön, dass Sie kommen konnten. Möchten Sie etwas trinken? Ich nehme ein Bier, und da es schon nach achtzehn Uhr ist, nehme ich an, Sie sind auch nicht mehr im Dienst."

„Da haben Sie nicht ganz unrecht", lächelte Lars, „eins kann ich trinken, danke."

Winston stand auf und ging hinüber zu seinem großen Kühlschrank, dessen Tür in seinem Büro als Pin-Wand diente. Viele bunte Zettel und einige Postkarten zierten das gebürstete Metall, was in Lars Erinnerungen an seine erste eigene Wohnung wach werden ließen. Winston kam mit zwei Halbliter-Flaschen Krombacher zurück. Auf seine Frage „Glas dazu?" erntete er ein Kopfschütteln, was ihm den Kommissar sympathisch machte. Er öffnete die Flaschen, reichte eine seinem Gast, dann stießen sie an.

„Wie geht es Frau Marsberger?" Lars hatte mit der Frage bis nach dem ersten Schluck gewartet. „Sie könnte noch in Gefahr sein. Übrigens haben wir einen ersten Hinweis auf einen möglichen Täter."

„Prima, das wird sie freuen. Sie und die Leute am Toilettenhäuschen, die trauen sich kaum noch dorthin."

„Ja, das ist mir auch aufgefallen, man sieht sie kaum noch. Wissen Sie, wo die sich jetzt aufhalten?"

„Manche am *Kaufland*, einige am *Penny* in Wermingsen, eben da, wo der Nachschub an geistigen Getränken gewährleistet ist, prost!" Wieder hoben sie ihre Flaschen, bevor Winston weitersprach. „Miriam, also Frau Marsberger, geht es gut, sie hält sich bei einer Bekannten auf, bis die Sache geklärt ist."

„Das ist klug von ihr und nimmt uns die Sorge um sie."

„Sie hat mir auch erlaubt, Ihnen einiges zu erzählen, was für den Fall wichtig sein könnte."

„Da bin ich aber gespannt, schießen Sie los."

„Eine Bitte hat sie vorher noch", beugte sich Winston vor und stützte sich mit den Unterarmen auf dem Schreibtisch ab. „Sie hat ihr Wissen zu ihrem eigenen Vorteil genutzt und vermutet darin den Grund für das Attentat auf sie."

„Bitte Klartext, was hat sie gemacht?"

„Sie hat Geld für ihr Schweigen verlangt."

Lars nahm noch einen kräftigen Schluck Bier. Die direkte Art seines Gastgebers gefiel ihm. „Also hat sie jemanden erpresst und möchte von uns jetzt die Zusage, dass wir ihr Entgegenkommen mit einem niedrigen Strafmaß belohnen."

„Könnte man so sagen, ja."

„Ich weiß von keiner Erpressung, es sei denn, jemand zeigt sie an, okay? Hast du noch ein Bier?"

Wortlos ging Winston zum Kühlschrank. Als er das zweite Bier vor den Beamten stellte, fuhr er fort. „Einen Tag vor seinem Tod hat Hans Wiemer ihr alles erzählt, an einem frühen Morgen. Fast so, als hätte er geahnt, dass ihm etwas passiert."

„Der menschliche Instinkt ist oft verlässlicher als der Verstand. Armer alter Mann."

„Dem äußerst übel mitgespielt wurde. Von der Familie von Iseren. Der ist denen auf die Schliche gekommen, hat als Heimatforscher herausgefunden, dass die sich mit Transporten in die ehemaligen Vernichtungslager während des Zweiten

Weltkrieges eine goldene Nase verdient haben. Das hat er Miriam erzählt, und die hat sich mit ihrem frischerworbenen Wissen an die gewandt, um, na ja, etwas dazuzuverdienen."

„Wir haben mittlerweile die Unterlagen bekommen, die diese Taten beweisen. Betroffen davon wären persönlich Otto von Iseren, der seit langer Zeit tot ist, und sein Sohn Theodor. Der Rest der Familie hat also keine Schuld auf sich geladen."

„Doch, das haben sie." Winston bekräftigte seine Meinung, indem er dabei nickte. „Sie haben die Schuld, all das über Jahrzehnte verschwiegen zu haben. Sie haben die Schuld, die Opfer von damals und deren Angehörige nicht entschädigt zu haben. Und sie haben die Schuld, sich selbst als makellos darzustellen, als saubere Familie."

„Tatsächlich steht aber der jetzige Chef, Sebastian von Iseren, als juristisch sauber da. Seinen Vater zu belangen könnte aus zeitlichen Gründen sehr schwer werden."

„Auch der Noch-Chef hat Dreck am Stecken." Grimmig blickte Winston Lars an. „Der hat Hans Wiemer in die Psychiatrie einweisen lassen, als er von seinen Forschungsergebnissen erfuhr. Als gebrochener Mann, dessen Glaubwürdigkeit beim Teufel war, kam er wieder raus."

„Er hat ihn einweisen lassen?" Ungläubig beugte sich Lars vor und fixierte sein Gegenüber. „Wie soll das vor sich gegangen sein? Der hatte bis dahin doch nie mit dem Mann zu tun gehabt."

„Das nicht, aber der damalige Leiter dieser psychiatrischen Abteilung, dieser Doktor Steinhart, ist ein alter Jugendfreund von ihm, hat der Wiemer gesagt. Und wechselte später als Chef an eine Klinik, an der eine Tochterfirma der *VS Company*, die *VS Medical*, beteiligt ist. Merkwürdiger Zufall, oder?"

Lars stieß einen leisen Pfiff aus. „Diese Verbindung kannte ich noch nicht, danke dafür. Aber zu beweisen dürfte das nicht sein."

„Apropos beweisen, habt ihr einen Tatverdächtigen? Oder einen Beleg für die Verbindung der Morde zu den von Iseren?"

„Nicht wirklich", seufzte Lars. „Einen Verdächtigen, ja, aber bislang nur eine Zeugin. Eine Verbindung haben wir nicht, und es dürfte sehr schwer werden, Sebastian von Iseren etwas nachzuweisen."

„Ich habe mit Miriam darüber gesprochen", nuschelte Winston und nahm noch einen Schluck, „sie wäre bereit, dem Täter eine Falle zu stellen."

„Es ist eine polizeiliche Ermittlung. Abgesehen von den rechtlichen Aspekten könnte das verdammt gefährlich für sie werden."

„Ja, sie ist sich dessen bewusst, schließlich ist sie eine taffe Frau. Vielleicht sollten Sie, solltest du gemeinsam mit deiner Kollegin darüber nachdenken."

„Vorschlagen werde ich es ihr, auch wenn ich große Bedenken habe. Aber da ist noch ein anderer Punkt. Es wäre hilfreich, die Mail-Adresse zu haben, von der du den Auftrag zur Entschlüsselung bekommen hast."

„Sende ich dir nachher, zusammen mit dem Kontakt zu dem Nerd, der sie entschlüsselt hat."

„Danke, aber das schaffen wir schon selber, Winston", lächelte Lars, „die Polizei kann was."

Winston legte den Hörer auf, lehnte sich zurück und dachte nach. Zwei Tage würde er brauchen, mindestens. Diese Tage musste er vorbereiten, die Organisation der Fabrik war sehr zeitraubend. Termine hatte er in dieser Zeit nicht, zumindest keine, die er nicht aufschieben könnte. Jetzt war es ohnehin zu spät, er hatte den Auftrag angenommen. Nicht des Geldes wegen, aber er versprach Spannung und hatte vor allem seine Neugier geweckt. Er lächelte und dachte an den gestrigen Abend mit dem Kommissar, Lars, wie er ihn jetzt nannte. Die

Ermittler hatten wenig in der Hand, einen Verdächtigen und ein mögliches Motiv. Allerdings nur für einen der Ermordeten, bei den beiden anderen hatten sie gar keine Indizien oder Zeugen. Dieser Auftrag und das Gespräch gestern brachten sein Jagdfieber zurück, er spürte das vertraute Kribbeln im Bauch, das ihm hier, in seinem Büro, abhandengekommen war. Er stand auf, nahm sein Jackett von der Garderobe und verließ das Büro. Miriam wartete auf ihn, sie mussten einen Plan schmieden.

„Herr Wegener, wir haben in ihrer Wohnung und in einem von ihnen angemieteten Schließfach eine große Menge Bargeld gefunden, insgesamt vierzigtausend Euro. Können Sie uns erklären, woher das Geld stammt?" Julia beobachtete den Mann, der wiederum keine Mine verzog, nicht mit den Schultern zuckte und sie nur ausdruckslos ansah. „Noch einmal meine Frage, woher kommt das Geld?"

„Das habe ich gewonnen, im Spielcasino."

„Und warum haben Sie es nicht einfach auf ihr Konto eingezahlt oder angelegt? Nein, Herr Wegener, Sie haben es nicht gewonnen, das sind vier Mal je zehntausend Euro, für drei Morde und einen versuchten Mord. Wer hat sie dafür bezahlt, woher kommt das Geld?"

Der Mann schwieg und saß unbeweglich wie ein bleicher kräftiger Buddha. Julia nickte Lars zu, und gemeinsam verließen sie den Vernehmungsraum. In einem Nebenraum, hinter dem Einwegspiegel, begrüßten sie eine schlanke Frau mit kurzen grauen Haaren.

„Guten Tag, Frau Doktor Schmidt, freut mich, Sie zu sehen."

„Ich freue mich auch, Herr Krenk, es ist ja eine Weile her, dass wir miteinander zu tun hatten. Und wir, Frau Hamann, hatten bislang nicht das Vergnügen, es freut mich sehr."

Lächelnd nahm Julia die Hand der sympathischen Frau. „Das Vergnügen ist ganz auf meiner Seite. Ich bin sehr gespannt, was Sie uns aus psychologischer Sicht zu unserem Verdächtigen sagen können, und ich gehe davon aus, dass Sie das können."

Die Frau in dem dunklen Blazer verschränkte die Arme und wandte sich dem Spiegel zu. „Leider ist der Mann für mich keine ärztliche Herausforderung. Er ist der Prototyp eines Menschen, der unter Alexithymie leidet."

„Lassen Sie uns nicht dumm sterben, was für ein Krankheitsbild hat er? Und wieso leidet er?" Lars schaute die Psychologin ungeduldig an.

„Es ist ein Krankheitsbild, das Menschen beschreibt, die ihre Gefühle nicht oder nur in geringem Maße wahrnehmen und ausdrücken können. Es ist also möglich", deutete sie auf den Mann hinter dem Spiegel, „dass ihrem Verdächtigen völlig gleichgültig ist, was er macht, ihm fehlt jedes Gefühl dafür. Ob er einen Nagel in die Wand schlägt oder einem Menschen den Schädel einschlägt, er ist gefühlsblind, es bedeutet ihm nichts, weil es ihm nichts bedeuten kann. Sein Verhalten, das Sie beschrieben und ich beobachtet habe, ist absolut typisch dafür. Ich würde ihn gerne gründlicher untersuchen, mit ihm sprechen, aber das ist meine erste und ziemlich sichere Diagnose."

Lars und Julia schauen sich an, waren sich einig. „Also im Grunde der ideale Täter, den keine Gefühle plagen, keine Reue, keine Angst vor dem, was kommen mag, keine Angst vor dem Verlieren."

„Und auch keinen Genuss am Triumph", nickte die Psychologin, „ja, er wäre ein idealer Täter, wenn er sich entsprechend verhalten würde, nach den Taten. Ideal ist er für einen Auftraggeber, der sich im Hintergrund hält, der sicher ist, dass keine Spur zu ihm führt. Und damit lasse ich Sie jetzt allein. Viel Erfolg bei den weiteren Ermittlungen." Sie nickte den beiden zu und ließ sie ratlos zurück.

„Zum letzten Mal, du bist sicher, dass du das machen willst?" Winston schaute Miriam ernst an, doch die nickte entschlossen.

„Wir haben es mehr als einmal besprochen, ja, und jetzt lass uns fahren."

Sie verließen die alte Fabrik und gingen hinüber zu Winstons Auto, das auf dem Mittelstreifen parkte. Durch die beiden Kreisverkehre fuhr er die Straße hinauf und bog oben nach links ab. „Verdammter Idiot!" Er zog das Steuer nach rechts, um den Wagen auszuweichen, der ihm entgegenkam und dafür auch seine Fahrspur benutzte. „Das passiert hier andauernd, schmale Straße, Neunzig-Grad-Kurve und die Autos werden immer breiter."

„Und die Fahrer immer rücksichtsloser. Was glaubst du, warum ich meinen Wagen kaum noch benutze."

„Ich wusste gar nicht, dass du ein Auto hast", staunte Winston, als er auf den Parkplatz neben dem Präsidium fuhr. „Ich habe dich damit noch nie gesehen."

„Ein älterer Polo, der steht fast ausnahmslos in der Tiefgarage gegenüber der Haltestelle und dem Museum. Ich habe dort einen Parkplatz gemietet, weil man in der südlichen Innenstadt ohnehin kaum noch einen freien Platz findet."

„Ja, das ist leider ein trauriges Kapitel. Da habe ich es als Eigentümer leichter, wenn ich vor der Fabrik nichts finde, parke ich hinter dem Gebäude, dort steht sonst nur der Wagen des Arztes. So, und jetzt auf ins Gefecht."

Sie gingen hinauf ins Büro von Julia und Lars, klopften an und traten ein.

„Pünktlich wie die Maurer." Lars stand auf und begrüßte Miriam und Winston mit einem Handschlag, Julia lächelte und winkte ihnen kurz zu. „Setzen Sie sich bitte, einen Kaffee oder einen Tee?"

„Es wäre gut, wenn wir gleich zur Sache kommen würden", würgte Miriam jegliche Floskeln ab. „Wir haben um diesen

Termin gebeten, weil wir ein Vorhaben mit Ihnen besprechen wollen. Dazu wäre es hilfreich, wenn Sie uns den aktuellen Stand der Ermittlungen nennen könnten. Wir wissen bis jetzt, dass es einen Tatverdächtigen gibt, einen Mann, der meiner Beschreibung ähnlich sieht."

„Das ist richtig, der Verdächtige war in Untersuchungshaft."

„War, Frau Hamann? Soll das heißen, er ist wieder auf freiem Fuß?"

„Das ist er, Frau Marsberger, die Indizien reichen für eine weitere Untersuchungshaft nicht aus. Zu den Tatzeiten war er im Außendienst, es war nicht möglich, seinen genauen Aufenthaltsort zu ermitteln. Der Lieferwagen, mit dem er unterwegs war, ist ein altes Modell ohne entsprechende Elektronik."

„Aber es muss doch möglich sein, die Funkzellen zu ermitteln, in denen sich sein Handy eingeloggt hat", wandte Winston ein.

„Der Verdächtige ist, nun ja, ein etwas merkwürdiger Mensch", erklärte Lars. „Er hatte während seiner Touren kein Handy dabei, nicht einmal eines, das ausgeschaltet war."

„Also läuft der mutmaßliche Mörder frei herum und kann jederzeit wieder zuschlagen", resümierte Miriam.

„Wir haben eine große Menge Bargeld bei ihm gefunden. Es wird zurzeit noch untersucht, ebenso seine Herkunft. Er gab an, es gewonnen zu haben, wir werten derzeit die Kameras aus und befragen die Mitarbeiter der Spielbank *Hohensyburg*. Dass er dort bekannt ist, ist sicher. Wir werden ihm das Geld bald wiedergeben müssen."

„Sind die Tatwaffen noch nicht gefunden worden? So viele Möglichkeiten, das Messer, mit dem er versucht hat, mich zu töten, auf seiner Flucht zu entsorgen, gab es sicher nicht."

„Das dachten wir auch", seufzte Lars und hielt sich müde die Hände vors Gesicht, „wir haben mit vielen Leuten seine Strecke, seine möglichen Fluchtrouten abgesucht. Bislang leider ohne Erfolg."

„An dieser Stelle möchte ich einen Vorschlag machen", setzte Miriam Marsberger an. „Ich habe überlegt, sozusagen als Lockvogel zu dienen, den Täter aus der Reserve zu locken."

„Wir haben über ihren Vorschlag heute gesprochen. Erst einmal ist das hier immer noch eine polizeiliche Ermittlung, bei der Privatleute nichts zu suchen haben, Herr Schmidt", stellte Julia klar und sah, wie er diese Nachricht mit verschränkten Armen still zur Kenntnis nahm. „Selbst wenn wir Ihre Idee aufgreifen würden, wir haben einfach nicht genug Leute, um Sie zu überwachen."

„Deshalb begleite ich Frau Marsberger", schaltete sich Winston ein. „Sie hat mich gebeten, auf sie in der Öffentlichkeit zu achten, natürlich diskret, nahezu unsichtbar."

„Was Sie privat machen, ist Ihre Sache, Herr Schmidt. Und auch das Risiko geht auf ihre Kappe, Frau Marsberger. Die ganze Sache hat keinen polizeilichen oder offiziellen Charakter, ist das klar?"

„Ich hatte mir von dieser Unterredung etwas mehr erhofft", stellte Miriam beim Aufstehen klar. „Wir werden Sie trotzdem auf dem Laufenden halten, auf Wiedersehen."

11

Renate Wiemer betrachtete die elegant gekleidete Frau von einem Nachbartisch des Cafés. Sie unterhielt sich lebhaft mit einem etwa gleichaltrigen Mann, gestikulierte und sprach beschwörend auf ihn ein. Verstehen konnte sie sie nicht, aber sie wusste, wer sie war. Cäcilie von Iseren, die Tochter des Seniors, die verbissen um die Macht im Konzern kämpfte. Der Mann sprach nicht, schien sehr nachdenklich und verabschiedete sich plötzlich mit einem Kopfnicken. Renate wartete, bis er

Spetsmann verlassen hatte, bevor sie aufstand und zum Tisch von Cäcilie hinüberging.

„Darf ich mich setzen?" Sie lächelte, als sie sich langsam auf den mit rotem Samt gepolsterten Stuhl niederließ. „Sie kennen mich nicht, Frau von Iseren, und ich möchte Sie nicht lange aufhalten. Es geht um meinen Ex-Mann."

„Da Sie sich bereits gesetzt haben, bitte. Woher sollte ich ihren Mann kennen?"

„Er wurde vor Kurzem ermordet, Hans Wiemer. Er war Heimatforscher und hat interessante Dinge über die Vergangenheit ihres Unternehmens herausgefunden. Aber das wissen Sie bestimmt, ich denke, Ihr Vater hat es Ihnen erzählt."

„Ich weiß nicht, wovon Sie sprechen", erwiderte sie tonlos, „und die Vergangenheit interessiert mich nicht. Ich bin auf die Zukunft fixiert, und von Ihrem Mann habe ich noch nie gehört. Wenn Sie mich jetzt entschuldigen würden?"

Nachdem Renate Wiemer gegangen war, bezahlte Cäcilie und verließ ebenfalls das Café. Sie hatte nicht wie üblich direkt davor geparkt, sondern ihren Wagen am Bahnhof abgestellt. Jetzt kamen ihr diese wenigen hundert Meter Fußweg gerade recht, sie musste nachdenken. Als sie den Zebrastreifen überquert hatte, blieb sie auf dem Bahnhofsvorplatz stehen, nahm die spielenden Kinder um sie herum gar nicht wahr. Sie lächelte, als sie auf ihrem Handy eine Nummer eintippte.

„Frau Dürmer, entschuldigen Sie bitte die Störung. Ich weiß, es ist schon spät und Sie haben Feierabend."

Verdutzt schaute Sabrina auf ihr Telefon. Hatte sie ihre Nummer nicht aus dem Telefonbuch entfernen lassen?

„Was kann ich für Sie tun, Frau Wiemer?"

„Könnte ich Sie heute noch sprechen? Ich brauche Ihren Rat, es wird auch nicht lange dauern, ich könnte zu Ihnen kommen."

Auf gar keinen Fall, ihr privates Leben war für alle, mit denen sie dienstlich zu tun hatte, tabu.

„Hat es nicht bis morgen Zeit? Sie könnten um neun ins Präsidium kommen, dann wäre mein Kollege auch dabei."

„Bitte."

„Okay, wir könnten uns auf einen kleinen Spaziergang treffen, etwas Bewegung täte mir heute noch gut. In fünfzehn Minuten am Seilersee?" Sabrina legte auf und tausche ihr Malerhemd, das sie gerade erst angezogen hatte, gegen die Bluse, die sie in die Wäsche legen wollte.

Renate Wiemer wartete bereits am Parkplatz auf sie. Sabrina ging zu ihr hinüber und begrüßte sie. Gemeinsam gingen sie den kleinen Weg zum Tretbootverleih hinunter, vor dem an kleinen Tischen einige ältere Männer saßen und Bier tranken. Die Pächterin stand am Grill und drehte mit ihrer langen Zange einige Würstchen um. Sie gingen nach rechts, hinter das alte Haus Seilersee.

„Früher war das ein beliebter Treffpunkt, ein Ausflugslokal", deutete Renate Wiemer auf das alte Gebäude mit der heruntergekommenen Terrasse. „Schön, dass es wieder hergerichtet und in Betrieb genommen wird."

„Es sollte längst wieder in Betrieb sein. Ich habe keine Ahnung, was aus den großen Plänen geworden ist. Es scheint so, dass sie jetzt tatsächlich umgesetzt werden. Aber jetzt sagen Sie mir bitte, wie ich Ihnen helfen kann."

Renate Wiemer holte tief Luft, bevor sie antwortete. „Ich brauche ihren Rat. Ich weiß nicht, wie ich vorgehen soll und ja, ich habe auch etwas Angst."

„Angst? Wovor oder vor wem?"

„Ich möchte die Forschungsergebnisse meines Mannes öffentlich machen. Es geht mir weniger darum, die Familie von Iseren anzuprangern, ich möchte seinen Namen reinwaschen. Und vielleicht auch, um mir Absolution zu erteilen, für alles, was damals geschehen ist, was zu unserer Trennung führte und ihn hinunterzog, in die Psychiatrie, in den Suff, auf die Straße. Ich weiß es nicht genau, was der Grund ist", schüttelte sie den Kopf, während sie langsam in Richtung der Holzbrücke gingen. „Ich fühle mich ihm verpflichtet, aus welchem Grund auch immer. Gleichzeitig habe ich Angst, was dieser Entschluss auslösen kann."

Sabrina musste einen Moment über die Worte dieser Frau nachdenken. Sie hatte sie in der kurzen Zeit, die sie sie kannte, als ziemlich taff und entschlossen eingeschätzt, als zielstrebig und selbstbewusst. Diese Nachdenklichkeit überraschte sie.

„Wie Sie wissen, habe ich mit diesem Fall nichts zu tun, darin ermitteln die Kollegen Krenk und Hamann. Es wäre besser, Sie würden sich an sie richten."

„Das ist richtig, aber ich würde gerne Ihre Meinung hören. Sie haben längere Zeit mit Herrn Krenk zusammengearbeitet und auch gegen die von Iserens ermittelt, wegen eines anderen Falles. Ich weiß nicht, wie ihre Kollegen auf meine Idee reagieren, deshalb habe ich Sie um dieses Gespräch gebeten. Was halten Sie von meinem Plan?"

Sabrina nickte. „Die Familie wird sicher nicht kampflos aufgeben. Sie wird die Dokumentation des Professors heranziehen und sie gegen die Arbeit eines Hobby-Historikers stellen, der sich nach der Arbeit mit der Wirtschaftsgeschichte dieser Stadt beschäftigt hat. Sie wird ihn als haltlosen Alkoholiker darstellen, als Mann, der zwangsweise in die Psychiatrie eingewiesen wurde, als schwachen Charakter und unglaubwürdigen Amateur. Sie werden namhafte Anwälte auffahren und Ihnen das Leben schwermachen, Sie vielleicht durch Schadenersatzklagen finanziell ruinieren wollen. Ist es das, wovor Sie Angst haben?"

Renate Wiemer lehnte sich auf das Geländer der Brücke, sah auf die bunten Schlösser, die verliebte Pärchen dort angeschlossen hatten. „Nein, das ist es nicht. Oder nur zu einem Teil. Ich habe Angst, dass sie mich umbringen. Wie meinen Mann."

Sabrina schwieg einen Moment, bevor sie antwortete. „Warum sollten sie das tun? Sie sind keine große Gefahr für die Familie. Und es fehlen Beweise dafür, dass die Iserens hinter dem Mord an ihrem Mann stecken. Der mutmaßliche Täter hat viel Geld bekommen, aber wir wissen nicht, von wem und wofür. Es wird noch untersucht und er ist dringend verdächtig, aber wir haben noch nichts in der Hand."

Renate Wiemer beugte sich hoch und sah auf den See, während Enten und Schwäne zu ihr schwammen in der Hoffnung, es würde Futter regnen. „Ich glaube, es war ein Fehler, herzukommen, alles wieder aufzuwühlen. Der Wunsch, meinen Ex-Mann zu rehabilitieren, das Unrecht, das ihm angetan wurde, aus der Welt zu schaffen, ja, das war und ist stark. So wie mein schlechtes Gewissen. Und meine Sehnsucht zu meinem ruhigen Leben auf Fehmarn, weit weg von hier."

„Was wollen Sie jetzt machen?" Sabrina ging einige Schritte weiter, Renate Wiemer begleitete sie.

„Ich weiß es noch nicht, deshalb wollte ich mit ihnen sprechen. Ich weiß nicht, ob es der richtige Schritt ist, an die Öffentlichkeit zu gehen. Wer interessiert sich noch für diese alten Geschichten, außer der Justiz und den Medien? Den meisten Menschen sind diese alten Kamellen doch wahrscheinlich egal, da geht es darum, wie teuer das Leben geworden ist und wie die Zukunft aussehen wird."

„Ja, das ist sicher richtig, nur sollte das kein Grund für ihre Entscheidung sein. Es kommt darauf an, was Sie für richtig halten, was Ihnen wichtig ist. Das zu entscheiden ist sicher nicht einfach, aber Sie müssen es nicht jetzt tun, Sie könnten abwarten, zu welchen Ergebnissen unsere Ermittlungen führen, ob wir noch Beweise sammeln können und dann die Situation neu bewerten."

Renate Wiemer nickte, während sie gemächlich den Weg zum Spielplatz und zur Sonnenuhr entlang gingen. „Ich werde es mir heute noch überlegen, vielleicht übergebe ich eine Kopie der Unterlagen der Presse und fahre morgen zurück. Waren Sie schon einmal auf Fehmarn?"

Sabrina war von der Frage, diesem Wechsel ins Private überrascht und lächelte, als sie antwortete. „Ja, aber das ist sehr lange her, schon gar nicht mehr wahr, wie man so sagt. Mit meinen Eltern habe ich mehrere Urlaube dort verbracht, als Kind und als Jugendliche. Aber mit vierzehn, fünfzehn wurde es mir zu langweilig und ich bin lieber mit einer Jugendgruppe in die Ferien gefahren. Meine Eltern waren noch zwei-, dreimal dort, aber auch das ist schon lange her. Ich glaube, ich wüsste gar nicht mehr, wo die einzelnen Orte und Strände sind. Nur an Burg kann ich mich erinnern, weil dort am meisten los war."

„Ja, Burg ist das Zentrum, dort gibt es die meisten Geschäfte und Lokale, dort ist die Action. Auch am Südstrand, bei den drei Hochhäusern, gibt es viel Unterhaltung. Für mich ist das nichts, ich ziehe die Ruhe vor, und die gibt es trotz des Tourismus noch reichlich. Naturstrände, etwas Steilküste, Sandstrände, Abgeschiedenheit und Ruhe, all das kann Fehmarn bieten und ich genieße es sehr, dort zu sein, jeden Tag. Auch, wenn die Insel unter der Sturmflut stark gelitten hat."

„Vielleicht sollte ich tatsächlich mal wieder hinfahren, Ruhe könnte ich gut gebrauchen. Ein längerer Urlaub ist bitter nötig." Sabrina wunderte sich über ihre Vertraulichkeit, sie kannte die Frau kaum.

„Sie können mich gerne besuchen, wenn Sie auf der Insel sind, meine Adresse haben ihre Kollegen ja. Ich danke Ihnen für ihre Zeit, Frau Dürmer, und einen schönen Abend noch."

Sabrina sah der Frau hinterher, die sich umdrehte und zurück zum Parkplatz ging. Mehr noch als die Frage, ob sie tatsächlich in Gefahr war, beschäftigte sie ihr Angebot. Es war vielleicht eine weitere Bestärkung ihres Entschlusses. Sie entschied, die Runde um den See komplett zu machen und ging weiter, ein Test für ihr Sprunggelenk. Sie holte ihr Handy raus und rief Lars an.

„Hallo, Lars, wie geht es dir? Im Präsidium bin ich dir schon länger nicht begegnet."

„Ganz okay, nur unser Fall ist sehr unbefriedigend. Wir wissen mittlerweile viel über diese Familie und eines der Mordopfer, können aber keinen Zusammenhang beweisen, das geht mir auf die Nerven, und Julia auch. Ich glaube, die verliert langsam das Interesse an dem Fall. Und bei dir, wie klappt es mit deinem Kollegen Paul?"

„Der hat jetzt einen Antrag auf Versetzung gestellt, der will nur noch weg. Na ja, im Moment bearbeiten wir nur Kleinkram, Betrügereien und so ein Zeug, das ist alles andere als aufregend."

„Dann könnte es sein, dass es euer Team bald nicht mehr gibt, wenn der versetzt wird und du dir deine Auszeit nimmst."

„Ja, das ist möglich. Bitte, Lars, sei mir deshalb nicht böse, ich bin sicher, es ist besser für mich, weil ..."

„Alles gut", lachte Lars eine Spur zu laut, „ich freue mich für dich, wenn du diese Möglichkeit bekommst. Schau nach vorne, mache Pläne, du hast dich entschieden."

„Übrigens habe ich vor wenigen Minuten mit Renate Wiemer gesprochen", sagte sie, nachdem sie den lauten Skateboard-Platz unter der Autobahnbrücke passiert hatte und berichtete ihm von ihrem Gespräch.

„Ich hätte ihr nichts anderes gesagt. Ich hoffe, dass sie möglichst schnell zurückfährt und nur uns das Material überlässt. Der Fall ist schon kompliziert genug. Jetzt kommen auch noch menschliche Knochen dazu, die in der Iserlohner Heide gefunden wurden."

„Was für Knochen?", wunderte sich Sabrina, „Ein neuer Todesfall?"

„Nein, ich hatte dir davon erzählt. Die liegen seit vielen Jahrzehnten dort und sind durch einen Zufall ans Licht gekommen.

Gut möglich, sagt die Gerichtsmedizin, dass die von Zwangsarbeitern aus dem Zweiten Weltkrieg stammen."

„Zwangsarbeiter? Ich wusste gar nicht, dass wir die in Iserlohn hatten."

„Doch, in Hemer gab es das Kriegsgefangenenlager Stalag VI A, ein riesiges Lager, in dem hauptsächlich französische und russische Soldaten gefangen gehalten wurden, andere Nationen waren auch vertreten. Von dort wurden sie zu Arbeitseinsätzen auch in Iserlohn verfrachtet, sagte mir der Leiter des Stadtarchives. Ob die gefundenen Knochen tatsächlich zu Gefangenen aus diesem Lager gehören, lässt sich wahrscheinlich nicht mehr nachvollziehen, zumindest nicht in der Kürze der Zeit. Sehr wahrscheinlich waren die Männer zu einem Arbeitseinsatz im Wald abkommandiert."

„Oder wurden dort hingerichtet."

„Das wissen wir nicht. Wenn sie dort ermordet wurden, müssten wir noch Geschosse und entsprechende Spuren an Knochen und Schädeln finden. Die Kollegen von der Spurensicherung sind noch bei der Arbeit."

„Denkst du, dass es einen Zusammenhang mit den von Iserens gibt? Dass die auch dort ihre Finger im schmutzigen Spiel hatten?"

„Zumindest beim Transport, schließlich transportierte die Familie Soldaten und Deportierte."

„In Todes- und Gefangenenlager, widerlich. Lars, es wäre wunderbar, wenn du diese Familie dafür vor Gericht bringen könntest."

„Wieder nichts." Winston ließ sich müde auf den Fahrersitz sinken.

„Was hast du erwartet?" Miriam setzte sich neben Winston, der den Motor startete. „Es war erst der zweite Versuch, den

Täter aus der Reserve zu locken. Ich weiß nicht, ob es reicht, wenn ich gut sichtbar im Garten des *Schnöggel* sitze und anschließend noch um den Fritz-Kühn-Platz schlendere. Ob der es tatsächlich noch einmal hier versuchen wird und nicht an einem anderen Ort. Übrigens, ich kann auch laufen, es ist doch nur ein kurzes Stück."

„Nein, zu gefährlich. Der Mann kennt sicher deine Adresse, deshalb lasse ich dich bis zu deiner Haustür nicht aus den Augen, auch wenn es noch hell ist."

„Ehrlich gesagt verstehe ich nicht, warum der noch frei rumläuft. Die haben doch das Geld bei ihm gefunden."

„Das schon, aber sie können nicht nachweisen, von wem er es bekommen hat. Und wofür. Der Mann schweigt, und solange sie keine Beweise haben … Ich weiß, es ist bitter und ich bin sicher, die Ermittler sind darüber genauso verärgert wie du."

„Mit dem kleinen Unterschied, dass hinter denen keiner her ist, der sie umbringen will."

„Jetzt, wo du wieder in deiner eigenen Wohnung lebst, werde ich dich begleiten, ganz diskret."

„Was glaubst du, wird er es tatsächlich nochmal versuchen?"

„Das können wir nicht ausschließen. Für wahrscheinlicher halte ich es, dass es ein anderer sein wird, falls es dazu kommt. Übrigens hat der Kommissar Krenk gesagt, dass er von deiner versuchten Erpressung nichts weiß."

„Hast du ihm etwa davon erzählt?" Miriam fixierte ihn von der Seite. „Wieso das denn?"

„Rausgekommen wäre es wahrscheinlich ohnehin. Aber so wird es nicht offiziell, hat er gesagt."

„Na prima", seufzte sie, „dann fehlt noch eine Festnahme, damit ich mein altes Leben wiederhabe."

„Die Bombe ist geplatzt." Lars legt die Zeitung auf den Schreibtisch.

„Dann hat Renate Wiemer ihre Ankündigung wahrgemacht."

„Ja, unser *Stadtanzeiger* hat mit dem Thema aufgemacht, die halbe erste Seite. Und auch im überregionalen Teil ist ein Bericht. Angeblich wollen das Unternehmen und die Familie von Iseren das Material erst prüfen, bevor sie eine Stellungnahme abgeben."

„Pff", schüttelte Julia den Kopf, „als ob die das nicht längst kennen würden. Das Lügen hat begonnen."

„In einer ersten Stellungnahme haben sie auf die offizielle Firmen-Biografie und Professor Mommsen verwiesen."

„Damit war zu rechnen. Ist Renate Wiemer noch in Iserlohn?"

„Nein, sie hat eine Mail geschrieben, sie ist gestern noch zurückgefahren. Jetzt wird sich die Öffentlichkeit auf Hans Wiemer richten, auf den Heimatforscher und auf die Person. Vielleicht hilft uns das bei den Ermittlungen, immerhin gibt es noch drei ungeklärte Mordfälle."

„Ja, das könnte helfen", lächelte Julia, „jetzt hat die saubere Familie etwas, das sie nicht so leicht beseitigen kann: öffentlichen Druck."

12

„Warum willst du nicht mitkommen? Wir hatten uns doch verabredet?" Verständnislos schaute Winston Miriam an, die vor ihm im Türrahmen lehnte, eine Hand auf der Klinke.

„Ich habe es mir anders überlegt, ich habe keine Lust mehr, den Lockvogel zu spielen. Ich glaube nicht, dass ich noch in Gefahr bin. Und jetzt sei bitte nicht böse, ich habe noch was auf dem Herd."

Winston sah, wie sie lächelnd die Eingangstür des Hauses schloss und verstand nicht. Gestern Abend hatten sie sich verabredet, und jetzt hatte sie es sich anders überlegt? Was war passiert? Er beschloss, die gewonnene Zeit für sich zu nutzen, fuhr in die Obere Mühle, parkte sein Auto und ging zurück zum Platz hinter dem Museum. Das *Schnöggel* hatte geöffnet und zu seiner Freude war in dem kleinen Biergarten noch ein Tisch frei. Er setzte sich, nahm die kleine hölzerne Speisekarte und entschied sich schnell für die Penne mit Schweinefiletspitzen. Als sich die Bedienung näherte, entschied er sich gegen Wein und bestellte neben dem Essen ein großes Bier. Entspannt und trotzdem nachdenklich lehnte er sich zurück. Er konnte sich keinen Reim auf Miriams Verhalten machen. Gestern riskierte sie noch ihre Gesundheit, auch aus der Angst, dass ihr Schlimmeres zustieß. Heute sagte sie ihr Treffen ab und schien ziemlich entspannt dabei. Was war passiert, gab es eine neue Entwicklung in dem Fall? Es nutzte nichts, er versuchte, nicht mehr zu grübeln und stattdessen morgen Lars Krenk anzurufen, vielleicht wusste der mehr.

Er schaute auf die Bauernkirche und die Wiese davor, den Bachlauf rechts davon. Ein junges Paar hatte auf der Wiese eine Decke ausgebreitet und es sich bei einer Flasche Wein samt zwei Gläsern an dem milden Abend gemütlich gemacht. Links von der Kirche lag das weiße barocke Heimatmuseum, ein Fachwerkhaus und dahinter ein liebevoll renoviertes, mehrgeschossiges Backsteingebäude mit einem wunderschönen, mehrfarbigen Dachgiebel. Eine Postkartenidylle. Wären da nicht die Männer, die mit Bierflaschen in der Hand vorbeigingen und sich rechts von ihm an der großen Treppe, die hinauf zur Obersten Stadtkirche führte, sammelten. Und die Trinker-Szene, die sich hinter dem Museum tummelte. Winston hatte schon mehrfach beobachtet, dass manche auch ans Museum oder an die Kirche pinkelten. Hier, im Süden, kamen viele Aspekte des Lebens zusammen, Schönheit, Ästhetik, Geschichte,

Glauben, Architektur, die Lust am Leben und soziales Elend. Und Mord.

„Nein, mit mir hat sie nicht gesprochen. Ich weiß nicht, was vorgefallen ist." Lars war genauso ahnungslos wie er. „Wenn du Zeit hast, komme ich auf einen Kaffee vorbei, ich muss mal raus hier."

Winston freute sich auf seinen Besuch und holte eine Packung Kekse aus dem Schrank, den er für solche Zwecke vorrätig hatte. Dann versuchte er, Miriam zu erreichen, es meldete sich nur die Mailbox. Die Rechnung würde sie trotzdem bekommen. Er setzte sich an seinen Computer und rief die Vorlage auf. Als er die Rechnung aus dem Drucker holte, klopfte es an seiner Bürotür, Lars.

„Guten Morgen, wie geht's? Schon gelesen?" Dabei legte er die aktuelle Ausgabe des *Stadtanzeigers* auf seinen Schreibtisch.

Winston schüttelte den Kopf. „Lese ich meistens erst mittags, wenn ich Pause mache."

„Ein sehr aufschlussreicher Artikel und dazu noch ein Interview mit Cäcilie von Iseren als vorläufige Geschäftsführerin. Wobei sie das „vorläufig" bestreitet. Sie leite die Geschäfte, und das nicht nur vorübergehend, ihr Vater habe das festgelegt, die Brüder kämen nicht in Frage, weil sie andere Funktionen anstrebten. Auch bestreitet sie die Vorwürfe, dass das Unternehmen sich während des Dritten Reiches an diesen Transporten bereichert habe. Nicht nur die Bereicherung, sie bestreitet, dass das Unternehmen solche Transporte überhaupt gemacht habe. Wie zu erwarten, bezweifelt sie die Kompetenz von Hans Wiemer und spricht von ihm nur als „diesem angeblichen Hobby-Historiker". Natürlich vergisst sie während des Gespräches nicht, dessen langen Psychiatrie-Aufenthalt und sein Alkoholproblem zu erwähnen."

„Wie zu erwarten." Winston kam mit zwei Bechern Kaffee an seinen Schreibtisch, stellte einen vor Lars und setzte sich in seinen alten, bequemen Schreibtischstuhl. „Jetzt, wo das Thema in der Öffentlichkeit ist, geht der Streit erst richtig los. Mir ist es ehrlich gesagt ziemlich egal, ob diese Familie sich damals kriminell verhalten hat. Und auch, ob sie heute lügen oder wer diesen merkwürdigen Konzern leitet. Ich möchte wissen, wer diese Leute, die ich jeden Tag gesehen habe, ermordet hat."

„Ich auch", nickte Lars und nippte an seinem Kaffee, „aber ich denke, die öffentliche Diskussion könnte neue Erkenntnisse bringen."

„Meinst du, weil ..."

„Kleinen Moment, bitte", entschuldigte sich Lars und ging an sein klingelndes Handy. „Klar, ich komme sofort."

„Was ist los?"

„Ich fürchte, du musst jetzt zwei Kaffee trinken. Einer der von Iseren ist bei Julia aufgeschlagen und will ein Geständnis ablegen." Lars klatschte mit der flachen Hand auf den Schreibtisch. „Es geht los!"

„Herr von Iseren, Sie sagen, dass Sie ein Geständnis ablegen wollen." Julia beugte sich am Tisch im Vernehmungsraum vor. „Was ist es, das Sie gestehen wollen? Die Morde an den drei Männern?"

„Quatsch", schnaubte Reinhart von Iseren verächtlich und zupfte an seinem Einstecktuch, „mit dem Tod dieser Leute habe ich nichts zu tun."

„Und warum sind Sie dann zu uns gekommen?" Lars ging die arrogante Attitüde dieses Mannes schon jetzt auf die Nerven.

„Ich möchte etwas klarstellen", räusperte er sich, „meine Schwester behauptet, dass sie von der Vergangenheit unserer Familie, der Verstrickung in, sagen wir, unschöne Gegebenheiten nichts wusste. Das ist nicht richtig. Cäcilie und ich wussten nichts davon, Norbert schon. Als wir sie jetzt erfahren haben, war sie erst einmal bedeutungslos. Die ganze Sache hatte keinen Bezug mehr zu unserer Gegenwart, zu unseren Geschäften. Bis zu dem Zeitpunkt, als dieser ... Mann meinte, sich erinnern zu müssen, auch wegen der Dokumentation, die mein Vater in Auftrag gegeben hat. Und wegen der versuchten Erpressung durch diese lächerliche Sozialpädagogin, der er davon erzählt hat."

„Versuchte Erpressung? Wusstest du davon?", wandte sich Julia an Lars.

Der räusperte sich und sagte nur „Später", bevor er sich wieder auf das Gespräch konzentrierte. „Herr von Iseren, warum kommen Sie ausgerechnet jetzt zu uns? Hat ihr Besuch, ihr Geständnis zufällig mit den Aussagen ihrer Schwester Cäcilie zu tun, die im *Stadtanzeiger* zu lesen waren? Mit ihrer dauerhaften Übernahme der Geschäftsleitung, für die ursprünglich Sie vorgesehen waren?"

Wieder schaute ihn Julia fragend an, verkniff sich jedoch ihre Frage.

„Wir hatten gestern noch ein Gespräch über die weitere Vorgehensweise bei der Besetzung der Geschäftsführung."

„Könnte man es auch einen Streit nennen?"

„Sie hat sich dazu entschlossen, die Geschicke der Firma in ihre Hand zu nehmen, obwohl ihr dafür jede Eignung fehlt. Das zeigt bereits ihre Vorgehensweise beim Krisenmanagement der Geschichte der Firma und Familie."

„Was hat denn jetzt ihr schlechtes Gewissen geweckt?" Lars sah Julia missbilligend an, weil ihm dieser Hauch Sarkasmus in ihrer Stimme nicht passte. „Oder langweilt Sie unser Gespräch?"

„Hören Sie, ich bin hergekommen, weil mir beim Verhalten meiner Schwester etwas ungewöhnlich erschienen ist", stellte er verärgert klar und sah Julia mit vorgeschobenem Unterkiefer an. „Sie hat mich schon vor Wochen gefragt, ob ich einen Mitarbeiter kennen würde, der dem Unternehmen sehr loyal gegenüber ist, der keine Fragen stellt und verschwiegen ist. Auf meine Nachfrage, wozu sie einen solchen Mitarbeiter brauchte, hat sie nicht geantwortet. Es hat mich umso mehr gewundert, da sie zu der Zeit noch keine offizielle Funktion in der Firma hatte."

„Und da haben Sie ihr den Namen Max Wegener genannt, ist das richtig?"

„Ja, ich kannte ihn, weil er mal in meiner Abteilung gearbeitet hat, bevor er in das Tochterunternehmen wechselte. Ich wusste nicht, was sie von ihm wollte, aber sie hat sich mit ihm getroffen, das hat er mir bestätigt, als ich ihn gefragt habe. Das ist alles, was ich Ihnen sagen kann. Ich konnte nicht wissen, wie weit sie tatsächlich gehen würde, dass sie vielleicht diesen Mann beauftragt hat, diesen Wiemer zu töten, das hätte ich ihr nie zugetraut. Ich dachte, er sollte ihn nur einschüchtern oder bestechen, mehr nicht."

„Gut, Herr von Iseren", erhob sich Lars, „wir danken Ihnen für ihren Besuch und melden uns gegebenenfalls bei Ihnen."

„Der benutzt uns doch", regte sich Julia auf und schlug mit der Faust auf den Tisch, nachdem der Unternehmer gegangen war, „der will, dass wir seine Schwester ans Kreuz nageln, damit der seinen Posten als Geschäftsführer bekommt."

„Ja, das sieht ganz so aus, der will ihr zuvorkommen und uns auf die Spur bringen."

„Sie als Psychologin hat bei dem Treffen mit dem Wegener sofort gemerkt, dass der unter dieser Krankheit leidet, dass er keine Gefühle empfindet", steigerte sich Julia in ihre Wut. „Was hatte der mit der versuchten Erpressung gemeint? Warum weiß ich davon nichts?"

Lars ließ sich mit einem Seufzer auf seinen Stuhl nieder. „Tut mir leid, das habe ich vergessen. Ich habe mich mit Winston getroffen und da hat er mir erzählt, dass Miriam Marsberger mit dem Wissen, das sie von Hans Wiemer hatte, Geld von Cäcilie von Iseren wollte, Geld für ihr eigenes Zentrum. Für die

175

Informationen und sein Entgegenkommen habe ich ihm gesagt, dass ich darauf nicht eingehe, bevor keine Anzeige gestellt wird."

„Mit Winston? Du duzt dich mit diesem Privatdetektiv? Und versprichst ihm, eine Straftat zu verschweigen?" Julia richtete sich auf und sah auf ihn herunter. Sie nahm ihre Jacke und ging zur Tür. „Ich dachte, wir sind ein Team."

Lars schlug müde die Hände vors Gesicht, als er allein war.

„Frau von Iseren, ich bin Kriminalhauptkommissarin Hamann und das ist mein Kollege Krenk. Wir haben Sie zu uns gebeten wegen der Mordsache Wiemer. Sie kennen den Namen?"

„Ja, natürlich, es ist der Mann, der unsere Firmengeschichte in den Dreck ziehen wollte", antwortete sie und sah auf ihre kleine, silbrig glänzende Armbanduhr.

„Uns liegt eine Aussage vor, dass Sie wegen dieses Mannes einen Mitarbeiter ihrer Firma, Max Wegener, beauftragt haben sollen, Hans Wiemer zu töten, ist das richtig?"

„Das ist eine unverschämte Unterstellung, woher nehmen Sie eine solche Behauptung? Wer hat das gesagt?" Trotz der Schärfe in ihrer Stimme blieb sie ruhig und distanziert.

„Ihr Bruder Reinhart hat uns gesagt, dass Sie nach einem sehr loyalen Mitarbeiter suchen, der keine Fragen stellt. Sie kennen Max Wegener?"

„Ich habe einmal mit ihm gesprochen, mehr auch nicht."

„Wir haben bei ihm viel Geld gefunden, vierzigtausend Euro. Er behauptet, es gewonnen zu haben. Wir würden gern überprüfen, ob er es von Ihnen bekommen hat und bitten Sie im Anschluss dieses Gespräches um eine DNA-Probe."

Lars bemerkte ein kurzes Zögern, bevor sie antwortete.

„Das brauchen Sie nicht. Ja, ich habe ihm das Geld gegeben. Er galt als loyal und zuverlässig. Ich bat ihn, mit diesem

Wiemer zu sprechen, damit er seine Lügen zurückzog, sich geirrt hatte, falschen Quellen aufgesessen ist, was auch immer. Dieser Wegener sollte ihm das Geld geben, damit er sich wieder ein bürgerliches Leben aufbauen konnte. Als Gegenleistung sollte er eine entsprechende Vereinbarung unterschreiben. Das war alles, ich konnte doch nicht ahnen, dass der das Geld für sich behalten und stattdessen den Mann umbringen würde. Ein schrecklicher Irrtum, an dem ich jedoch keine Schuld trage", erwiderte sie tonlos und sah noch einmal auf ihre Uhr.

„Wir haben das Geld bei ihm gefunden, aber weder Tatwaffe noch diese Vereinbarung. Es ist möglich, dass die zeitlichen Angaben, die er gemacht hat, stimmen, das überprüfen wir noch."

„Vielleicht hat er sie in seiner kleinen Werkstatt gelassen, dort habe ich ihn auch gesprochen."

„Eine Werkstatt? Wo ist die?" Lars spürte, wie ein Gefühl aus Wut und Scham in ihm hochkroch. Sie hatten nichts über eine Werkstatt in seiner Wohnung gefunden, keinen Mietvertrag oder etwas Anderes.

„Sie ist auf einem Garagenhof an der Untergrüner Straße, eine Wellblechgarage, die letzte auf der rechten Seite. Und jetzt möchte ich gehen, falls Sie keine weiteren Fragen haben." Ohne eine Antwort abzuwarten, stand Cäcilie von Iseren auf und ging hinaus.

„Ich frage mich gerade, ob wir schlampig gearbeitet haben oder es nicht besser wissen konnten."

„Und ich bin mir sicher, dass auch die uns benutzen will, indem sie uns den Wegener zum Fraß vorwirft und sich selbst reinwäscht. Wir sollen den Handlanger bekommen, damit sie sauber aus der ganzen Sache rausgeht."

„Es sieht ganz so aus, dass es bei den Morden nur um Hans Wiemer ging", murmelte Lars.

„Du meinst ..."

„... dass die anderen dran glauben mussten, um eine falsche Spur zu legen. Es sollte aussehen, als stünden die Leute aus der Trinkerszene im Fadenkreuz, nicht nur der Historiker Hans Wiemer. Ja, ich denke, es waren Verdeckungsmorde."

„Dann sollten wir ein Team der Spusi alarmieren und zu dieser Garage fahren. Auf geht's, schnappen wir uns den Kerl."

„Und danach dich, Cäcilie."

Der Mann im weißen Schutzanzug öffnete das Schloss des Garagentors schnell und problemlos. Sie sahen an den Längsseiten auf Holzböcken befestigte Arbeitsplatten, diverse Maschinen, Werkzeuge zur Holzbearbeitung, einen Dieselgenerator und an der Stirnwand ein Regal voller Kram. Lars ging darauf zu und zog sich Handschuhe an. „Schau mal", machte er Julia neugierig, als er eine graue Decke anhob.

„Ein Baseball-Schläger. Der geht sofort in die KTU. Und jetzt schauen wir mal, ob wir in all dem Krempel auch eine Vereinbarung finden."

„Die könnte er auch weggeworfen haben, in den Müll oder ins Altpapier."

„Dann haben wir noch viel Arbeit vor uns", seufzte Julia. „Wenn es diese Vereinbarung jemals gegeben hat."

„Wir beschlagnahmen ihren Laptop, auf dem wird sie dieses Dokument geschrieben haben. Ich denke nicht, dass sie das eine Sekretärin oder einem ihrer Juristen überlassen hat."

Als sie begannen, in dem Regal zu suchen, fuhr ein dunkler VW Golf auf den Hof. Den Mann am Steuer erkannten sie sofort.

„Ich lasse ihn zur Fahndung ausschreiben."

„Das kannst du auch während der Fahrt, los, schwing dich rein, sonst entwischt er uns." Julia lief zu dem schwarzen BMW und hatte ihn gestartet, als Lars die Tür aufmachte. Er sprach mit dem Präsidium, während seine Kollegin auf die Straße fuhr, das Blaulicht aufs Dach setzte und mächtig Gas gab.

„Versuchen wir es zuerst an seiner Wohnung, vielleicht will er dort noch ein paar Sachen packen für seine Flucht."

„Schön wäre es, wenn er uns den Gefallen tut, aber ich denke nicht, dass er sich dort länger aufhält."

„Verdammt, ist der taub?" Julia drosch mit der rechten Hand aufs Lenkrad, während sie mit der anderen hupte. „Blockiert der Idiot trotz Blaulicht die Kreuzung, mach dich weg, verdammt."

„Als Lkw-Fahrer brauchst du eben gute Nerven, wenn du durch das Sauerland fährst. Dem ist unser Blaulicht wahrscheinlich genauso egal wie eine Streckensperrung."

„Was gibt es da zu grinsen? Während der hier steht, gewinnt unser Täter wertvolle Zeit."

„Reg dich nicht auf, Julia, wir kriegen ihn. Ich habe unseren Leuten gesagt, dass sie vor allem die Flughäfen im Blick haben sollen. Unser Mann hat scheinbar keine Freunde, aber Verwandtschaft in Australien. Gut möglich, dass er sich dorthin absetzen will."

„Endlich." Julia ignorierte den von rechts kommenden Wagen und gab Gas, die Mendener Straße hinunter. Kurz vor der großen Kreuzung parkte sie vor dem Mehrfamilienhaus, das sie bereits kannten. Durch die offene Tür liefen sie in die erste Etage.

„Er hat sich nicht mal mehr die Mühe gemacht, die Tür zu schließen." Die Hand an der Waffe ging Lars in die aufgeräumte, aber wie unbewohnt wirkende Bleibe. „Hier ist niemand. Da, der Schrank ist offen." Sie gingen zu dem braunen Wohnzimmerschrank mit dem abschließbaren Fach. „Wie zu erwarten, er hat sich das Geld geholt und ist weg. Na ja, was soll's, die Fahndung läuft."

„Dieser Wegener ist vielleicht gefühlskalt, aber nicht blöd. Leute mit seinem Krankheitsbild handeln meist sehr logisch, habe ich gelesen."

„Soll er, lass uns verschwinden, hier können wir nichts ausrichten."

„Das darf doch nicht wahr sein." Entrüstet blieb Julia in der offenen Haustür stehen.

„Was ist los, was hast du?"

„Bist du blind?", zeigte sie auf ihren Wagen. „Irgendein Arschloch hat uns das Blaulicht geklaut."

„Norbert, wir wollten dich aus dieser Sache raushalten, du solltest es nicht erfahren."

„Vater, diese Vergangenheit ist mir ziemlich gleichgültig, ich bin nicht dafür verantwortlich, was Opa während dieser Zeit gemacht hat. In meinen Augen hat er mitgeholfen, das Geschäft aufzubauen, und daran ist nichts Schlechtes, das haben viele andere auch gemacht, für ihre Zwecke. Ich verstehe deine Angst nicht, dass diese alte Sache öffentlich wird. Warum versuchst du, diese Geschichte mit allen Mitteln unter der Decke zu halten?" Norbert nahm noch einen Schluck von dem teuren französischen Mineralwasser, das sich sein Vater schicken ließ, weil es so besonders schmecken sollte. Er merkte keinen Unterschied zu dem Mineralwasser, das er sich im Getränkemarkt kaufte.

„Weil es nicht wahr ist", antwortete Sebastian von Iseren mit geschlossenen Augen, „das hat Professor Mommsen bestätigt, das weißt du."

„Und dafür eine Menge Geld bekommen", lachte sein jüngster Sohn, „ein solches Gutachten ist doch nichts wert."

„Das siehst du leider falsch, das seht ihr alle falsch. Reinhart ist ein anderer Typ als du, zupackender, ehrgeiziger, entschlussfreudiger. Du hast deine Qualitäten im strategischen Bereich, auf der Langstrecke, sozusagen, das schätze ich an dir."

Er nippte noch einmal an seinem Cognacschwenker, den er während des Gespräches in der Hand hielt. „Cäcilia? Von der weiß ich im Moment nicht, wie ich sie einschätzen soll. Sie hat sich nie für die Firma interessiert, ist ihren eigenen Weg gegangen, beruflich und privat. Sie hat sich aus unseren Geschäften herausgehalten, bis vor Kurzem. Ich weiß nicht, was vorgefallen ist, dass sie jetzt so massiv eingreift, sich in den Vordergrund drängt. Das, und diesen Fehler muss ich eingestehen, habe ich nicht kommen sehen, ich nicht und auch deine Mutter nicht. Sie hat sich abgewendet, es ist ihr zu viel geworden, verbringt den Großteil ihrer Zeit in unserem Ferienhaus und schreibt."

„Sie schreibt?" Verwundert zog Norbert eine Augenbraue hoch. „Woran schreibt sie? Ich wusste nicht, dass sie das plant."

„Nein, nicht planen, es war schon immer ihr Wunsch, ein Buch zu schreiben. Meistens fehlte die Zeit oder sie wusste einfach nicht, worüber sie schreiben sollte. Welches Thema es jetzt ist, ich weiß es nicht, ich bin nur froh darüber, dass sie es jetzt endlich macht, ihren Traum verwirklicht." Er schnaubte und ließ die Schultern sinken, kippte den Cognac hinunter und lächelte. „Vielleicht hätten wir alle das früher machen sollen."

„So wie Cäcilie?" Norbert schaute seinen Vater an, der müde wirkte, mit glanzlosen Augen. Der Mann, der sein ganzes Leben energisch die Firma und die Familie geführt hatte, er wirkte erschöpft, als wäre ihm alles zu viel geworden, er schien alle Kraft verloren zu haben.

„Was meinst du damit?"

„Du hast ihr die Geschäftsführung gegeben, sie mir genommen und sie ihr übertragen. Das hat mich wütend gemacht, zuerst. Jetzt bin ich darüber hinweg, es macht mir nichts mehr aus. Nein, mehr noch, ich bin erleichtert", lächelte er seinen Vater an. „Mir hat der Gedanke an Macht gefallen, an der Führung, gleichzeitig habe ich die Verantwortung gefürchtet. Tja, da sind wir sehr verschieden, Vater, du und ich. Ich bin zufrieden damit, weiter meine Abteilung zu führen, sie auszubauen, mit den Leuten zu arbeiten. Ich habe gemerkt, dass mir diese Atmosphäre, das Miteinander sehr wichtig ist, dass es mir viel bedeutet. Ich bin sicher, dass wäre anders geworden, wenn ich die Geschäftsleitung übernommen hätte."

„Das wäre es, weil es anders werden müsste." Er ging zur Bar und schenkte sich Cognac nach. „Hast du eine Ahnung, was Cäcilie jetzt plant? Ich kann sie nicht mehr einschätzen, und das ist eine große Enttäuschung. Sie hat sich so sehr verändert, dass ich nicht mehr weiß, was sie will."

„Nein, sie hat sich nicht verändert. Wir haben es nur nicht bemerkt, wie zielstrebig sie ist, zielstrebig und auch rücksichtslos. Was sie will? Kasse machen, den Konzern verkaufen. Das hat sie früher schon mal gesagt, aber ich habe es nicht beachtet, weil sie nicht zur Firma gehörte."

„Verkaufen? Du meinst, sie will tatsächlich unser Unternehmen in fremde Hände geben?" Fassungslos starrte ihn sein Vater an, nicht fähig, die Nachricht aufzunehmen.

„Für dich war die Firma dein Leben, du hast den Konzern nicht geleitet, du hast ihn gelebt. Für sie ist er Mittel zum Zweck, mehr nicht. Sie hat sich in den vergangenen Wochen oft mit Reinhart getroffen und ich bin sicher, dass es dabei um die Übernahme des Konzerns von Iseren durch *Sauerland Steel* ging. Und das würde auch erklären, dass sie mit allen Mitteln versucht, die Vergangenheit nicht beschmutzen zu lassen, die Veröffentlichung über unsere Wurzeln im Dritten Reich, die Zusammenarbeit mit der SS nicht öffentlich werden zu lassen."

„Mit allen Mitteln? Du meinst, sie hat vielleicht tatsächlich ... glaubst du wirklich, sie wäre dazu fähig?"

„Warum nicht?" Norbert lächelte seinen Vater an, der nicht fassen konnte, was er gehört hatte. „Du hast diesen Mann doch auch wegsperren lassen, ab in die Klappse."

Langsam setzte sich der alte Mann in den wuchtigen Sessel, der die große Gestalt zu verschlucken schien. „Sie darf nicht verkaufen", flüsterte er, „sie darf nicht verkaufen, auf keinen Fall."

„Hallo, Miriam, komm rein." Winston hielt ihr die Tür auf und wies auf den Stuhl vor seinem Schreibtisch.

„Wie geht es dir? Du scheinst gute Laune zu haben, obwohl dein Traum geplatzt ist und du, nun ja, in naher Zukunft einige Probleme bekommen könntest. Einen Kaffee?"

Miriam schüttelte den Kopf. „Ja, es geht mir gut und ich habe wieder große Pläne. Es war schon immer meine Überzeugung, dass man mit den Menschen reden muss, mit Gesprächen die Probleme beseitigen."

„Und das ist dir gelungen?" Winston schüttete sich einen Kaffee ein und sah sie skeptisch an. Ihre Augen glänzten, und ein feines Lächeln umspielte ihre Mundwinkel.

„Ja, ich habe ein längeres Gespräch mit der Familie gehabt, mit dem Senior und seinem Sohn Reinhart. Es ist alles geklärt, die Probleme sind vom Tisch. Und sie werden mir bei der Finanzierung meines Zentrums helfen, ich brauche also die Räume."

Verwundert schüttelte Winston kurz den Kopf. „Die wollen sich im sozialen Bereich engagieren? Das ist ja etwas völlig Neues, das haben die doch noch nie gemacht. Wollen die Teilhaber an dem sozio-kulturellen Zentrum werden?"

„Menschen ändern sich, Winston. Wie gesagt, es war ein langes, gutes und sehr aufschlussreiches Gespräch. Ich habe völlig freie Hand und die alleinige Leitung. Wenn es geht, würde ich die Räume zum nächsten Ersten mieten." Sie stand auf und wandte sich zur Tür.

„Kein Problem, ich komme morgen mit den Verträgen zu dir. Und einen schönen Tag noch."

Er schloss die Bürotür hinter ihr und ließ sich langsam in seinem Stuhl nieder. Er hatte mit allem Möglichen gerechnet, aber niemals mit einer Zusammenarbeit der Familie mit Miriam. Er seufzte, holte seinen Computer aus dem Tiefschlaf und öffnete die Datei mit den Mietverträgen. Irgendwann würde er erfahren, was geschehen war.

Cäcilie von Iseren zog sich ihre High Heels von den Füßen und ging barfuß auf dem kühlen Boden in die Küche. Aus dem Kühlschrank holte sie die angebrochene Flasche Champagner und goss sich ein Glas ein. Lächelnd prostete sich zu. Sie hatte es geschafft. Sie hatte die Leitung übernommen und würde die Gespräche mit Reinhart bald in die Tat umsetzen. Norbert würden sie auszahlen, aber den tatsächlichen Kaufpreis, den *Sauerland Steel* bezahlte, würde er nie erfahren. Und bald würde sie endlich ihre eigene große Praxis eröffnen, mit vielen Angestellten, in dem großzügigen Komplex am Rande der Stadt.

Verwundert sah sie auf ihre Uhr. Wer schellte um drei Uhr nachmittags? Sie stellte das Glas ab und ging zur Tür. Als sie sie öffnete, wusste sie, was geschehen würde. Zwei Sanitäter und zwei Polizisten standen vor ihr. Einer der Beamten hielt ein Blatt Papier in der Hand.

„Frau von Iseren, wir haben einen richterlichen Beschluss und bringen Sie in eine forensische Klinik. Packen Sie bitte einige Sachen zusammen, die Kollegin wird sie dabei begleiten."

„Das ist lächerlich. Was soll der Grund für den Beschluss sein?"

„Sie werden Gelegenheit haben, das Gutachten von Dr. Steinhart einzusehen. Eine Zeugin hat zudem ihre suizidalen Absichten bestätigt und die Dringlichkeit betont."

„Eine Zeugin? Wer sollte das denn bitte sein? Niemals habe ich solche Absichten gehabt oder geäußert, sie lügt."

„Die Zeugin ist Sozialpädagogin und in der Beurteilung solcher Situationen durchaus versiert. Beeilen Sie sich bitte, Sie werden Gelegenheit haben, die Anordnung anzufechten, wenn Sie sich stabilisiert haben."

Cäcilie wusste, dass sie verloren hatte. Der Alte hatte zum entscheidenden Schlag ausgeholt.

"Ich hole noch den Koffer runter, dann haben wir alles." Lars ging das Treppenhaus hinauf und kam mit dem braunen Stoffkoffer wieder hinunter. "Ist der noch von deinen Eltern?", lächelte er Sabrina an.

"Ja, das ist er tatsächlich. Ich benutze eigentlich nur meine Reisetasche, aber dieses Mal brauche ich etwas mehr Gepäck."

"Sabrina, du hast eine schöne Zeit vor dir", bekräftigte er ihren Entschluss, da er ihren Zweifel noch merkte. "Entscheide, wie lange du bleiben willst. Du wirst spüren, wann du deine Ruhe wiedergefunden hast, dann kannst du überlegen, ob du wieder in den Dienst zurückkommst oder dich ganz deiner künstlerischen Arbeit widmest. Und jetzt ab mit dir."

"Bevor ich fahre, möchte ich wissen, wie der Stand in deinem Fall ist. Ihr habt ihn doch abgeschlossen, oder?"

"Ja und nein", seufzte er und schaute auf den Boden. "Ihr Bruder Reinhart hat die Verhandlungen mit seiner Schwester über einen Verkauf bestätigt, die Leitung des Konzerns hat wieder der Senior übernommen. Die Kollegen in Amsterdam haben Max Wegener am Flughafen *Schiphol* festgenommen, ohne Widerstand. Er hat die Morde gestanden und gesagt, dass Cäcilie von Iseren ihn bei einem Treffen zu einer endgültigen Lösung des Problems aufgefordert hat. Ob sie ihn damit zu einem Mord aufgefordert hat, was sie bestreitet, werden wir wohl nie erfahren. Wer weiß, wie lange ihre Unterbringung andauern wird."

"Und damit lasse ich dich jetzt allein zurück, mit einem Rätsel und einer Kollegin, die nicht mehr mit dir arbeiten will."

„Julia ist kein großer Verlust", schüttelte Lars den Kopf. „Und jetzt fahr los, sonst kommst du in Hamburg in den Berufsverkehr."

Sie sah ihn schweigend an, bevor sie ihm einen zarten Kuss gab. *Wir sehen uns wieder* blieb ungesagt.

Ende